江户川乱步全集·明智小五郎系列

心理测试

〔日〕江户川乱步　著

叶荣鼎　译

山东画报出版社

图书在版编目（CIP）数据

心理测试 / （日）江户川乱步著；叶荣鼎译. --济南：山东画报出版社，2022.3
（江户川乱步全集·明智小五郎系列）
ISBN 978-7-5474-3948-7

Ⅰ.①心… Ⅱ.①江… ②叶… Ⅲ.①儿童小说－侦探小说－日本－现代 Ⅳ.①I313.84

中国版本图书馆CIP数据核字（2021）第136276号

XINLI CESHI
心理测试
〔日〕江户川乱步 著　叶荣鼎 译

责任编辑　怀志霄
封面设计　光合时代

出 版 人　李文波
主管单位　山东出版传媒股份有限公司
出版发行　山东画报出版社
　　社　　址　济南市市中区舜耕路517号　邮编 250003
　　电　　话　总编室（0531）82098472
　　　　　　　市场部（0531）82098479　82098476（传真）
　　网　　址　http://www.hbcbs.com.cn
　　电子信箱　hbcb@sdpress.com.cn
印　　刷　山东新华印务有限公司
规　　格　787毫米×1092毫米　1/32
　　　　　　7印张　99千字
版　　次　2022年3月第1版
印　　次　2022年3月第1次印刷
书　　号　ISBN 978-7-5474-3948-7
定　　价　36.00元

译者序

红极一时的日本动漫《名侦探柯南》的作者漫画家青山刚昌，孩提时代曾是江户川乱步的超级追星族，他笔下的主人公江户川柯南的姓就取自日本推理文学鼻祖江户川乱步，名则取自英国的柯南·道尔。

日本作家历来都有用笔名的传统，江户川乱步本名平井太郎，早年就读于早稻田大学经济学专业，江户川就在早稻田大学旁边。巧合的是，"江户川"的日式英语发音"edogawa（爱多嘎娃）"，与"Edgar a-（埃德加·爱）"的发音极其相似；

"乱步"的日式英语发音"ranpo（兰波）"，与"llan Poe（伦·坡）"的发音又十分相近，故而决定以"江户川乱步"为笔名。从此，这个名字陪他度过了四十年推理文学创作生涯，也成为日本推理文学史上不可逾越的高峰。

1923年，乱步在《新青年》杂志上发表处女作《两分铜币》，引发轰动。当时的编者按这样写道："我们经常这样说，《新青年》杂志上总有一天将刊登本国作者创作的侦探小说，并且远远高于欧美侦探小说的创作水平。今天，我们终于盼来了这一兴奋时刻。《两分铜币》果然不负众望，博采外国作品之长，水平遥遥领先于外国名作。我们深信，广大读者看了这篇小说后一定会深以为然，拍案叫绝。作者是谁？是首位登上日本侦探文坛的江户川乱步。"

1925年，乱步发表小说《D坂杀人事件》，成功塑造了日本推理文学史上的第一位名侦探——明智小五郎。其后，他又陆续创作了《怪盗二十面相》《少年侦探团》等脍炙人口的作品，其中的"怪盗二十面相""少年侦探团"等角色已经突破了类型文学的束缚，成为世界文学史上的典型形象，先后多次被搬上各种舞台，改编成各种各样的影视、动漫作品。

第二次世界大战爆发后，江户川乱步因作品被禁止出版，投笔抗议，公开发表《作者的话》："我撰写的小说主要是把侦探、推理、探险、幻想和魔术结合在一起，让读者富有想象力和创造力。人类必须怀有伟大的梦想，经过不断的努力，才会创造出伟大的时代。没有梦想，没有幻想，就没有科学。历史已经证明，科学的进步多取决于天才的幻想和不懈努力。科学进步了，人民才会过上好日子。可是今天的战争，毁掉了科学，毁掉了人民的梦想，日本人民将会被一个不剩地当作炮灰，却还是避免不了失败的结局。"

1947年，日本侦探作家俱乐部成立，乱步被推举为主席。俱乐部在1963年改组为日本推理作家协会，至今仍是日本最权威的推理作家机构。1954年，乱步在六十大寿之际，个人出资100万日元，设立"江户川乱步奖"，用以激励年轻作家。在之后的半个多世纪里，以东野圭吾为代表的一大批优秀的日本推理文学作家通过这个奖项脱颖而出，他们的成绩也使得"江户川乱步奖"成为日本推理文坛最权威的大奖。

1961年，为表彰乱步在推理文学界的杰出贡献，日本政府为其颁发"紫绶褒勋章"（授予学术、艺术、运动领域中贡献卓著的人）。1965年，乱步突发脑出血去世，获赠正五位勋三等瑞宝章。为纪念乱步，名张市建有"江户川乱步纪念碑"与"江户川乱步纪念馆"，丰岛区设有"江户川乱步文学馆"，供日本与世界的爱好者与学者瞻仰和研究。

《江户川乱步全集》作为乱步作品之集大成者，先后出版了多个版本，加印数十次，总印数超过一亿册，迄今已有英、法、德、俄、中五大语种版本问世。衷心希望诸位读者能够通过这一版的中文译本，回望日本推理文学的滥觞，领略一代文学大家的风采。

是为序。

2021年元旦于上海虹桥东华美寓所

目　录

心理测试

地狱丑角师

心理测试

谋 划

是的，没有别的选择了，就这么办！

终于，路屋清一郎下定了决心。

他要干什么？

杀人！

在下定这个决心之前，他已经纠结了半年之久。这期间，他迷茫不安，犹豫不定，但是最后，他还是决定要将这可怕的念头付诸行动。

路屋清一郎是个半工半读的大学生，虽然天分极好，而且特别用功，但无奈手头总是十分拮据，业余时间都耗费在了打工赚钱上。他常常为此不平：如果我可以不为金钱所累，能够有充足的钱交学费、买书，不必把时间浪费在无聊的打零工上，而是用来钻研学业，那我的前途一定不可限量。而且，像我这样的天才青年，是啊，没有必要受这个社会的种种约束，应该放手去干，为自己日后的成功搭建舞台。钱，是啊，钱，只要有钱……

世上所有的歹徒都会以自己为中心编造出各种理由，为自己的恶劣行径诡辩。路屋清一郎也不例外。

一个偶然的机会，他与同班同学斋藤交上了朋友。当然，他起初并没有什么恶意，但是随着两人交往的深入，他渐渐产生了某种不可告人的目的，而且那模糊的念头越来越清晰。

大约一年前，斋藤在山手一个清静的小镇上租下了一个房间，房东是某公务员的遗孀，即将步入花甲之年。依靠丈夫留下的财产，老太太过着衣食无忧的生活。她膝下无子，只有钱才能给她些许安全感。对于接纳男性房客斋藤入住，她想过，可能会给自己的生活带来不便，但转念一想，这样不但可以增加收入，而且家里有个可靠的男人，终归更安全一点。

"总之，老太太存了好多钱。"

斋藤对路屋说。

说者无心，听者有意。这对路屋来说是个无法抗拒的诱惑。

马上就要进棺材的老家伙拿着这么多钱有什么用？还不如给我这个前程远大的青年，这样才能发挥这笔钱最大的价值。

简而言之，他的理论就是如此。

于是，他开始尽可能地接近斋藤。

"那老太太还真有不少钱呢，除了银行存款，还在家里的某个地方藏着巨额现金。"

一天，斋藤神秘地对路屋说。

"好像自古以来的有钱人都喜欢把钱藏在家里。"

路屋马上附和道。

"可是那老太太想得真妙。一般人藏钱都会选在房檐下啊、天花板上啊，她选的地方还真是与众不同。"

"哦？怎么个与众不同法？"

路屋极力压抑着兴奋，装作漫不经心地问道。

"她家客厅的壁龛上有一个大花盆，钱就藏在那花盆底下。即便小偷摸进了她家，也绝想不到钱会藏在那种地方吧。她啊，可真是个藏钱的天才，哈哈哈……"

斋藤说着笑了起来。

从那时起，路屋的想法开始具体起来。为了让老太太手中的"死钱"转化为用于自己学习的"活钱"，他作了种种设想，绞尽脑汁希望策划出万无一失的方案。这实在是一道难题，在它面前，任何复杂的数学问题都相形见绌。仅仅为了理清思路，路屋就花费了足足半年时间。

最困难的地方在于巧妙地逃避法律制裁，至于良心、道德之类的，他早已不放在心上了。毋宁说在他看来，把这种土埋半截的老太太的棺材本拿出来交给自己这种有为青年才称得上物尽其用。

老太太平时极少外出，整天默默无语地坐在客厅的榻榻米上。偶尔外出时，便吩咐女佣看家。路屋根本无机可乘。

看来只有等老太太和斋藤都不在家的时候，设法诱骗女佣外出，再趁机偷出花盆底下的钱。

这是路屋最初的方案。

不，不行，那……还是不保险。一旦巨款失窃，老太太肯定向警方报案，女佣便会一五一十地道出真情。即便时间很短，只要知道这房间里只有他一个人，就会造成充分的嫌疑。

路屋不死心，类似的方案想了一个又一个，比如伪装成入室盗窃；趁女佣独自在家的时候下手；或者趁半夜老太太熟睡的时候……如此反反复复了足足一个月，他沮丧地发现，无论哪种方法，都无法保证万无一失。

要得到那笔钱，只有除掉那个碍事的老太太。最终，路屋得出了这么一个令人毛骨悚然的结论。他不知道老太太到底在花盆底下藏了多少钱，但为了这笔钱杀害无辜的老太太，未免过于残酷。但在路屋看来，问题不是钱的多少，而是绝对不能留下任何把柄，平安无事地拿到这笔钱，为了实现这一目标，无论多么残忍都值得。

虽然乍看起来杀人比单纯的盗窃后果严重得多，但这是以被发现乃至抓获为前提的。如果不以罪行的轻重论，而只考虑被发现的风险的话，有时（比如路屋现在的情形）偷盗反而更危险。相反，干净利落地杀死目击者，虽然残酷，却不必事后提心吊胆。路屋觉得，以往那些杀人不眨眼的罪犯至今依然逍遥法外的原因，在于他们作案时并没把杀人当一回事。

那么，杀了老太太，究竟会不会给自己带来危险呢？路屋又花费了几个月的时间反复思考这个问题。终于，他自以为想出了万全之策。现在只要静待时机就可以了。

这时机来得出乎意料地快。

一天，斋藤因为有事去了学校，女佣按照老太太的吩咐外出买东西，两人都要到傍晚时分才能赶回家。也就是说，只有老太太一个人在家。

好，要动手，就今天了。

路屋暗自下定了决心。

那天正是他准备就绪后的第二天。

所谓的准备就绪，就是确认藏钱的地点。斋藤无意间说出钱藏在花盆底下之后已经过了足足半年，在这期间，老太太有没有把钱挪到别的什么地方？

那天（杀死老太太的两天前），路屋找了个斋藤不在的日子，借口拜访斋藤，第一次来到了老太太家，跟那老太太东拉西扯地闲聊起来。渐渐地，话题转到了老太太的财产上，路屋几次三番提醒老太太，外面都在传你是个非常有钱的人，而且喜欢把钱藏在家里，一定要把钱藏好。他暗中注意着老太太的眼睛，每次提及钱财的时候，老太太的眼睛都会禁不住瞟向壁龛上的花盆。如此反复数次，路屋已经可以确认那笔钱还在那儿。

行　凶

　　案发当日，路屋身穿制服，戴着一副普通手套，徒步向老太太家走去。

　　出门前，他考虑再三，还是决定不化装。他想过，要化装，就要购买许多道具，比如衣服、假发、眼镜等等，得手后还要再找地方换装，处理这些东西，很容易留下线索。这只能让事情复杂化，不仅毫无裨益，反而是个累赘。他认为，只要在没人看到的时候进到那房子里就万事大吉了。即便有人看到他在附近走过也没什么，因为他经常在这一带散步，所以只要说"我在散步"就没事了。而且，换个角度看，如果在路上遇到什么熟人，跟平时一样的装束反而不会引起怀疑。

总之，他的原则就是，在不被发现的前提下，行动要尽可能地简单、直接。基于这个原则，他把作案时间定在了白天。虽然夜间作案可能更方便，斋藤和女佣都不在家的晚上总是可以等到的，但是为了消除不必要的秘密性，还是白天更合适。

话虽这么说，但站在老太太家门前的时候，路屋还是不由自主地慌乱起来，不住地四下张望。老太太家左右一墙之隔都有邻居，对面是某富商的宅邸，高高的水泥围墙足有一百多米长。这一带是十分冷清的住宅区，就连白天也很少有行人。路屋一番张望之后，别说人，就连条狗都没见到。

老天相助，就连老太太家平时拉起来很响的拉门，今天也十分配合地没有发出一点声响。路屋在玄关压低了声音打招呼：

"对不起，请问屋里有人吗？"

这样做，是为了不让邻居听见。

"是路屋君啊。"

老太太闻声来到玄关，似乎对路屋的来访有点意外。

"我今天登门拜访是想跟您说一点关于斋藤的情况。"

"那，请进吧。"

老太太毫无防备，把他请进了客厅。

"真不凑巧，女佣不在家……"

老太太一边说，一边准备沏茶。

就在老太太弯腰拉开拉门的时候，路屋猛地蹿了过去，在背后死死勒住了老太太的脖子。他选择用胳膊勒死老太太，而不是用手掐死她，自然是为了不留下指纹。他认为虽然已经戴了普通的手套，还是应该小心谨慎。

老太太的喉咙里传出"咕"的一声，没怎么挣扎就断气了。只是最后时刻抓向空中的手碰到了立在客厅的屏风。这是一架古色古香的折叠屏风，上面绘有六歌仙，老太太枯瘦的手指恰好划过了小野小町的脸。

确认老太太断气后，路屋将尸体放在地上。他已经发现了屏风上小野小町脸上的伤痕，但是一番权衡后，他觉得这根本没什么大不了的，更不可能成为什么证据。于是，他决定继续坚持自己的原则，避免任何无意义的行动，不管那屏风。

他来到壁龛前，一手扶住花盆，一手将松树连根带土地拔了起来。

花盆底下果然有一个油纸包！

路屋顿时两眼放光。

他小心翼翼地解开油纸包，又拿出新买的大钱包，将油纸包里差不多一半的纸币（至少五千日元）装进了钱包。随后收好钱包，把剩下的钱重新包好，放回原来的地方，又把松树重新栽了回去。这当然是为了隐瞒偷盗的事实。没有人知道老太太到底在花盆底下藏了多少钱，这样一来，虽然只剩一半，但一般都会认为钱还在，不会怀疑是谋财害命吧。

路屋又仔细检查了房间里的所有角落，确认没有留下任何蛛丝马迹，才关好拉门，不慌不忙地向玄关走去。他蹲下身，一边系鞋带一边考虑怎么才能不留下脚印。其实，这根本不是问题。玄关是坚硬的灰泥地，门外的街道由于连日的艳阳高照，干爽无比，根本不会留下脚印。现在，只要开门走出去，离开这案发现场就大功告成了。

但是，如果这时候稍有闪失，之前的处心积虑就全都白费了。他把耳朵贴在门上，屏气凝神，仔细确认门外的动静。

门外寂然无声，路屋轻轻打开房门，就像刚刚告辞的客人一般，若无其事地走了出去。果然，街上一个行人也没有。

离老太太家不远处有一个小公园，路屋装作散步的样子，溜溜达达地来到小公园，确认周围没人注意自己后，把作案时戴的手套扔进了公园的垃圾桶里，然后就坐在长椅上，看着孩子们荡秋千。

就这么坐了很长时间，路屋才起身往自己的住处走去。路上，他顺便去了附近的警署。

"警官，我刚才捡到这个钱包，鼓鼓囊囊的，好像里边装着许多钱，现在我把它交给你们。"

说着，他拿出那个钱包，十分配合地回答了

警官的提问，无非是捡到钱包的时间和地点之类的，还有他的姓名和住址。那钱包极其普通，是他在庙会上的一家露天摊贩那儿趁人多的时候买的，而且已经放在家里很长时间了，不可能还有人记得这事。

路屋为什么要这么大费周章呢？虽然这样做的确非常麻烦，但却是他深思熟虑后的选择，他认为这对他来说是安全系数最高的。老太太家的花盆里，那个包着钱的油纸包还在松树下埋着，没有人知道里面的钱已经被人拿走了一半，也就是说，这个钱包永远都不可能找到失主。按照日本的法律，一年以后，没有失主认领的这笔钱就归他这个"捡到"钱包的人所有了。到那时候，他就可以随心所欲地享用这笔钱了。

路屋想过，如果把钱藏在什么地方，随时都可能被人发现。自己拿着呢？那太危险了。还是放在警察这里最保险。谁能想到竟然会有人把偷到的钱主动交给警方呢？而且这样一来，即便老太太的钱是连号的也没关系，等于借警方的手把这笔不义之财洗干净了。他不禁为自己的聪明才智洋洋得意。

第二天，路屋一觉睡到大天亮，一边打着哈欠，一边翻开了当天的报纸。突然，一则醒目的标题让他大吃一惊。但这绝不是他担心的事情，相反，是他从没想过的幸运——斋藤作为杀人嫌疑犯被逮捕了。理由是他拥有大量来源不明的现金。

"斋藤是我最要好的同学，必须立刻去警署了解情况。这样做也是顺理成章的，绝不会引起警方半点怀疑。"

路屋想到这里，马上换好衣服，赶到了警署——正是他昨天上交钱包的那家警署。

他装出一副担心同学的模样，要求与斋藤见面。

"不行！现在是审讯阶段，朋友也好亲戚也好都不能见面。"

正如他预料的那样，警方拒绝了他的请求。

他又向警方打听斋藤作为犯罪嫌疑人被拘留的理由。根据警官的简单介绍，他大致弄清楚了事情的来龙去脉。

昨天，路屋作案离开后不久，斋藤就回来了，当时女佣还没回来。他一到家就发现了老太太的尸体。报案之前，他突然想到了壁龛上的那个花盆——那钱还在不在呢？他怎么也按捺不住自己的好奇心，拔出了那棵松树。意外的是，那油纸包就在花盆底下。斋藤顿时起了贪念：谁也不知道钱藏在这里，就算知道，一定也会认为是歹徒杀人行凶后拿走了钱，既然这样……这诱惑对他来说太大了。然后，他到警署报案，说老太太被杀了。他当时实在太紧张了，连话都说不成句，虽然一般人见到尸体肯定都会紧张，但他的举止实在过于反常，以至于引起了接待他的警官的怀疑。更要命的是，他竟然随身带着那个包着大量现金的油纸包。他万万没有想到，警官竟然搜了他的身。一个穷学生怎么会有那么多现金？随即，他作为杀害老太太的犯罪嫌疑人被警方拘留了。

斋藤会怎么辩解呢？路屋对此做了种种设想。警方在他身上搜到那笔钱的时候，也许他会说那钱是他自己的。是啊，谁也不清楚老太太究竟有多少钱，以及她把那钱藏在了什么地方。说不定这样能行。但是那钱也太多了，警方一定会继续追问来历。最终，他不得不彻底交代：钱藏在花盆里，我是从那里拿的，但老太太不是我杀的。这样的解释法官会相信吗？如果没有其他嫌疑人，他很有可能被判有罪，甚至会判他杀人罪。但是，审讯期间，他很有可能会交代他曾跟我说起过老太太藏钱的事，以及我穷困潦倒，连学费都交不起。女佣或者其他什么人也有可能说起我在案发前两天曾经去过老太太家。那样一来……

路屋对此早有准备，不管怎么说，也别想从斋藤嘴里问出更多的对自己不利的口供。

从警署出来，路屋吃过早饭，像平时一样去上学了。斋藤的事已经在学校里传得沸沸扬扬了。他混在人群里，滔滔不绝地说起刚从警方那里打听到的情况。这种场合，他觉得这样做才是最自然的。

谜　团

　　担任本次案件预审的是笠森。他不但是名预审员，还是一位小有名气的业余心理学家，用普通方法无法审清楚的一些难题，往往在他丰富的心理学知识面前迎刃而解。所以虽资历尚浅，年纪也不大，但凭借强大的办案能力，他已经被上级寄予了厚望。这次由他出马，大家都认为不费吹灰之力就可以把案子送上法庭。他本人也觉得不会遇上什么困难。

　　但随着调查的推进，他渐渐明白了其中的难度。

　　警方认定斋藤有罪，他也认为这一主张并非

毫无依据，毕竟进出老太太家的人都一一进行了排查，没有发现任何可疑的对象（路屋自然也包含在其中）。如果没有其他嫌疑人出现，斋藤的嫌疑就是最大的。而且对斋藤来说最不利的，是他怯懦的性格。只要一进审讯室，他就吓得结结巴巴，而且总是前言不搭后语，频频推翻之前的口供。而且他拿不出任何证明自己无罪的证据，心里越着急，思路就越混乱，越是不该忘记的越是忘记，不该说的则乱说一通，导致自己的嫌疑越来越大。而且，他确实拿了老太太藏在花盆底下的钱，做贼心虚，不然的话，他的脑子还是挺好使的，不至于让自己陷入如此不利的境地。他的处境，实在让人同情。但是就此否定斋藤杀人的罪名，笠森又没有十足的把握。

目前仅仅是怀疑而已，根本拿不出切实的证据。斋藤本人当然坚持老太太不是他杀的。

就这样，一个月过去了，案件仍然毫无进展。

笠森开始坐立不安起来。就在这时候，老太太家辖区警署打来电话，向他提供了一条颇有价值的消息：案发当天，嫌疑人斋藤勇的好友路屋清一郎交到警署一个装满现金的钱包，据他自己说是在A町捡到的，距离老太太家很近。由于工作人员的疏忽，一直没能引起注意。已经过去一个多月了，失主仍然没有出现。

这是否意味着什么？笠森接到电话后恰如在黑暗中看到一丝光明。

"马上传讯路屋清一郎！"

但是，尽管笠森干劲十足，却没有得到任何有价值的结果。路屋只是说，他根本没想到这件事跟凶杀案有什么关系。这理由非常充分。老太太家中被盗的钱是从斋藤身上搜到的，谁会想到除此之外，特别是在街上捡到的钱包里的钱也是老太太的呢？

难道这只是个巧合？案发当天，在距离案发现场不远的地方，嫌疑人的好友捡到大笔现金，而且据斋藤交代，路屋也知道老太太藏钱的事。这真的只是个巧合吗？

笠森苦于找不到证据。哪怕是件极小的事，只要能抓到一丝确凿的线索就好。

笠森倾尽全力，不但反复查看了现场调查报告，而且彻底排查了老太太的社会关系，但还是一无所获。

就这样，又过去了半个月。

最后，笠森想到了一种可能性：路屋把油纸包里一半的钱放进钱包里，做出拾金不昧的假象，剩下的钱则放回原处。真有这样的事吗？笠森把调查的重点转到了钱包上。经过一番调查，这只是一个十分普通的钱包，并没有任何线索。而且，路屋还说，案发当天，他散步经过老太太家门口。如果他真是罪犯，会这么大胆说出这样的话来吗？对路屋住处的搜查也一无所获。

斋藤勇和路屋清一郎，这一对好友到底谁才是真凶呢？一个半月的调查表明，嫌疑人只有他们两个。笠森觉得，是该让调查更进一步了。他决定对他们进行心理测试。

准　备

　　案发后的第三天，路屋再次受到传讯。之前的那次交锋已经让他知道了对手是谁，不由得忐忑不安起来。笠森最擅长的是心理学，但是自己对此一窍不通，这怎么行？于是，他抓紧时间翻看能找到的所有心理学书籍，将有关知识强记下来，以备不时之需。

　　路屋再也不能装作什么事都没有，继续按时上学放学了。他请了病假，把自己关在房间里，绞尽脑汁思考对策，希望能够闯过这个难关。

　　但笠森会让他做什么心理测试呢？路屋对此一

无所知，只能就自己知道的所有心理测试方法逐一思考对策。从理论上说，心理测试本就是用来辨明真伪的，对心理测试撒谎几乎是不可能的事。

按照路屋的看法，心理测试可以分成两大类。一种是依靠生理反应来判定，另一种则完全依靠对话来进行。前者是由测试人提问，以正常数据为基准，通过适当的仪器，记录被测试人在回答时细微的生理反应，以得到普通讯问无法得到的结果。人纵然可以撒谎，甚至可以控制自己的面部表情，但神经的兴奋却是无法掩盖的，这种兴奋会通过肢体的细微征候表现出来，比如呼吸急促、脉搏加快、出汗、眼球震颤等等。相关的测试仪器会准确地记录下所有这些细微的反应。

比如在测试时，测试人突然发问，"是你杀了老太太吧"？即便你强装镇定，反问"你凭什么这么说"？可血压会不会升高？呼吸会不会加快？要控制这些生理上的自然反应，是很难办到的。路屋假设了许多问题，但这种自问自答根本不能引起任何生理反应。虽然没有专业设备，不能说出确切的情况，但既然感觉不到紧张或者兴奋，那应该也不会有什么生理上的反应吧。

路屋又想到，反复练习能不能影响测试的结果呢？也就是说，如果一再重复同一个问题，神经反应会不会逐渐减弱呢？很有可能！这也就是为什么自己问自己没有效果，因为心里早就知道了会是什么问题。

于是，他把想到的所有可能用于测试的词都写下来，对自己进行神经"练习"。

然后是语言测试。路屋觉得这没什么，毋宁说不过是语言游戏，更容易蒙混过关。

语言测试有许多方法，最流行的是联想诊断，这跟精神分析学家测试病人用的是同一种方法。测试人将"拉门""桌子""墨水""笔"等毫无意义的词依次读出，被测试人要尽可能不假思索地说出由这些词联想到的其他词。比如由"拉门"可以联想到"窗户""门槛""纸""门"等，什么都行，但一定要不假思索地脱口而出。在这些无意义的词中间，再混入与犯罪有关的词，例如"匕首""鲜血""钱""钱包"等等，看被测试人会说出什么词。

以这次的案件为例，头脑简单的被测试人在听到"花盆"的时候也许就会脱口而出"钱"或者"油纸包"之类的词。因为从花盆底下偷钱这件事给他的印象太深了，于是在不知不觉间就坦白了自己的罪行。但是如果被测试人稍微精明一点，即便一下就想到了"钱"这个词，也会控制住自己，改口说出"陶器"之类的词。

对付这种情况有两种方法，一种是一轮测试过后，稍隔一段时间再重复测试。自然做出的回答几乎不会有偏差，刻意说出的词则十有八九前后不一致。比如"花盆"，前一次可能会说"陶器"，后一次则可能会说"土"。

另一种方法是用仪器精确记录被测试人回答的时间。例如，听到"拉门"后说出"门"只用了一秒，听到"花盆"后说出"陶器"则用了三秒，这是因为要压制最先想到的"钱"，转而想出"陶器"，再说出来，花的时间自然要长得多。这种情况不仅会出现在关键词上，甚至对之后并没有什么意义的词的联想也会产生影响。

另外，还可以将犯罪现场的情况详细说给被测试人听，然后让其复述。真正的罪犯往往会不自觉地说出与此前听到的内容相悖，或者根本没有提到的真实内容。

对付这样的心理测试，当然也需要像前面那样加强训练。但更重要的是，用路屋的话说，就是要单纯，不玩弄无聊的技巧，这样反而更安全。比如听到"花盆"，索性就说出"钱"或者"松树"，因为即便路屋不是罪犯，也会通过此前的讯问或者其他途径，在某种程度上知道犯罪事实，而把钱藏在花盆底下这种匪夷所思的事情，必然给他留下深刻的印象。所以脱口而出"钱"或者"松树"，不是自然而然的吗？

如果让他复述犯罪现场的情况，也可以采取这种对策。

问题在于，这仍需要"练习"。被问及"花盆"时，毫不犹疑地说出"钱"或者"松树"，这样的训练是完全必要的。为此，他又花费了几天时间。

终于，准备工作一切就绪。

路屋算定，还有一点对他十分有利，即便被问到了始料未及的问题，做出了不利的反应，也没什么，因为还有斋藤。那个神经过敏的斋藤，尽管没有杀人，但毕竟问心有愧，而且他不可能像自己这样事先练习，面对突如其来的各种测试，他能够顺利过关吗？至少也要做出与自己不相上下的反应才行吧。

路屋渐渐安下心来，甚至有些迫不及待了。

解　读

　　心理测试后的第二天，笠森坐在自己家的书房里，审视着测试结果。

　　正在这时，女佣进来了。

　　"先生，有客人来访。"

　　说完，她递上一张名片。

　　　　明智小五郎

　　名片上印着这五个字。

　　明智在此前的一系列案件中表现出了超凡的才

能，在警视厅内部以及普通民众中间都赢得了很高的声誉。由于案件关系，他和笠森的往来也比较密切。

"快请他到这里来。"

不一会儿，明智面带微笑走进了笠森的书房。

"明智君，这次的案子真让我为难啊。"

笠森拿起桌上的测试报告，一脸愁苦地递给明智。

"怎么样，心理测试的结果？"

明智接过测试结果，一边翻看着一边问道。两个月来，明智也非常关注这起凶杀案，经常向笠森询问案情。

"结果已经出来了，但无论如何也不能让我满意。昨天的生理反应测试中，路屋清一郎几乎没什么反应，特别是跟斋藤勇相比，简直可以忽略不计。还有，请看这里：

提问	路屋清一郎		斋藤勇	
	联想回答	反应时间（秒）	联想回答	反应时间（秒）
头	发	0.9	尾	1.2

提问	路屋清一郎		斎藤勇	
	联想回答	反应时间（秒）	联想回答	反应时间（秒）
绿	蓝	0.7	蓝	1.1
水	开水	0.9	鱼	1.3
歌	唱	1.1	女	1.5
长	短	1.0	带	1.5
☆杀	刀	0.8	犯罪	3.1
船	河	0.9	水	2.2
拉门	门	0.8	玻璃	1.5
菜	西餐	1.0	生鱼片	1.3
☆钱	纸币	0.7	铁	3.5
冷	水	1.1	冬	2.3
病	感冒	1.6	肺病	1.6
针	线	1.0	线	1.2
☆松树	盆景	0.8	树木	2.3
山	高	0.9	河	1.4
☆血	流	1.0	红	3.9
新	旧	0.8	衣服	2.1

提问	路屋清一郎		斋藤勇	
	联想回答	反应时间（秒）	联想回答	反应时间（秒）
讨厌	蜘蛛	1.2	病	1.1
☆花盆	松树	0.6	花	6.2
鸟	飞翔	0.9	金丝雀	3.6
书	丸善	1.0	丸善	1.3
☆油纸	隐藏	0.8	小包	4.0
朋友	斋藤	1.1	说话	1.8
纯粹	理性	1.2	语言	1.7
箱	书箱	1.0	木偶	1.2
☆犯罪	杀人	0.7	警察	3.7
满足	完成	0.8	家庭	2.0
女人	政治	1.0	妹妹	1.3
画	屏风	0.9	风景	1.3
☆盗窃	钱	0.7	马	4.1

（☆标注的是与案件有关的词。实际测验中，要使用一百多个词，而且要准备两到三组依次测试。上表已经经过了简化。）

"联想测试也是，听到'花盆'这个词的时候，路屋清一郎的反应时间甚至比其他无意义的词还短，几乎是脱口而出。而斋藤勇竟然用了六秒多。"

　　"请看，测试结果非常清楚。"笠森一边等着明智看完测试结果，一边说，"斋藤在测试时十分紧张，最能说明问题的就是他的反应时间。不仅是关键词，甚至对紧随其后的其他无意义的词也有影响。还有，听到'钱'的时候回答'铁'，听到'盗窃'的时候竟然说'马'，简直太离谱了。对'花盆'的反应时间最长，大概是为了区别'钱'和'松树'，花费了不少时间。相反，路屋清一郎的回答十分自然。听到'花盆'的时候回答'松树'，听到'油纸'的时候回答'隐藏'，听到'犯罪'的时候回答'杀人'。如果他真是罪犯，绝对不会说出这些词，而且他当时心平气和，都是在很短的时间内答出。如果凶手真的是他，又做出这种反应，那实在是智商堪忧。但实际上，听说他在大学里是出了名的高才生……"

"我倒觉得未必如此。"

明智若有所思地说。

笠森丝毫没有注意到明智话里有话，继续说：

"由此看来，路屋清一郎已经洗清了嫌疑。但斋藤究竟是不是罪犯呢？尽管测试结果明显对他不利，可我总觉得他不像杀人犯。即便我现在判他有罪，也不是最终的结果，以后还可以推翻，毕竟不是正式的审判嘛。如此说来，预审到此为止也并无不可。但是，我可不希望我的预审结果在正式审判的时候被彻底推翻。所以……"

"这张表实在很有意思。"明智看着测试结果说，"看来两个人都很喜欢读书啊，听到'书'的时候，反应都是'丸善'。不仅如此，路屋的回答总是理智的、物质的；斋藤的回答则完全是感性的、抒情的，比如'女人''衣服''花''木偶''风景''妹妹'等，看来是个生性懦弱、多愁善感的人。另外，斋藤一定有病在身，你看，听到'讨厌'的时候回答'病'，听到'病'的时候回答'肺病'，这说明他一直在担心自己是不是得了肺病。"

"你这么解释也并无不可，原本这种测试就会因为解读角度的不同得出各种不同的结果。"

明智稍稍改变了一下语气：

"你说的这是心理测试的弱点。一位学者曾经批评说，虽然心理测试是为了取代严刑拷打而发明的，但其结果其实与严刑拷打并没有太大的不同。无辜的人被判有罪，而真正的罪犯则往往逍遥法外。心理测试的倡导者明斯达贝希好像在哪本书上写过，心理测试的真正作用，仅限于测试嫌疑人是否知道某地某物，如果用在其他方面，测试结果就靠不住了。你是这方面的专家，我说的这些你肯定都知道，但我觉得还是有必要再提醒你一下。你说呢？"

"你说的这些我也想过，"笠森面露不悦，"但现在是不是可以说最坏的情况就在眼前呢？假设一个非常胆小怕事的家伙在犯罪现场被抓获，而且他十分清楚犯罪事实，尽管他是无罪的，他能顺利通过这种心理测试吗？啊，要对我测试了，怎样才能洗脱嫌疑呢？他一定会这么想吧，而且一定会紧张、神经兴奋。在这种情况下进行的心理测试就会导致‘无辜的人被判有罪’吧？”

“你是在说斋藤吧？其实，我也有这种感觉……”

笠森的脸色更加难看了。

“那么，假设斋藤无罪——当然，盗窃罪是免不了的——到底是谁杀了老太太呢？还是说，你已经有了其他嫌疑人？”

“是的，”明智从容不迫地微笑着说，“从这张测试结果来看，我认为路屋清一郎才是真正的凶手。不过，现在还不能妄下定论。能不能不露声色地把他请来呢？只要他来了，我就有把握证明我的推论。”

“你这么说，是有什么确凿的证据吗？”

森笠大吃一惊。

明智毫无得意之色，详细说明了自己的想法。笠森听后不由得连连点头。

“原来如此，嗯，没错，就这么办。”

他立即通知助手去请路屋清一郎。

"根据心理测试的结果，你的朋友斋藤勇被判有罪已成定局。我需要当面向你说明一些情况，希望你能马上来一趟。"

路屋清一郎刚从学校回到住处，听到这个消息，立即跟着助手一起赶到了笠森家。这从天而降的喜讯冲昏了他的头脑，一向敏锐的他竟然没有察觉到这里面的危险。

结　局

"之前怀疑你，实在对不起。今天请你来，是想在道歉的同时跟你好好谈一谈。"

说完，笠森吩咐女佣为路屋沏了一杯红茶，极为随意地开始了闲谈。其间，明智也参与了进来。笠森向路屋介绍说，明智是他的熟人，是位律师。死去的老太太的遗产继承人委托他催收老太太生前借出的款项。虽然这多半都是谎话，但老太太的侄子会继承她的遗产倒也是事实。

三个人东拉西扯地谈了许多有的没的，彻底安心的路屋更是渐渐放下了防备，高谈阔论。不知不觉间，天色已经暗了下来，路屋起身告辞：

"已经这么晚了，如果没有其他事，我就先告辞了。"

"如果不是你提醒，我还真差点忘了呢。"明智似乎谈兴正浓，"嗯，其实也没什么，正好你来了，就顺便问一下吧。你知不知道老太太家的客厅里有一架屏风，那上面有一点磕碰，引起了一点小麻烦。因为那屏风不是老太太的，而是别人向他借钱的抵押。我去跟借钱的人催收借款的时候，他不仅不愿意还钱，还强调屏风是老太太被害时损坏的，非要老太太的亲属重金赔偿。老太太的侄子跟老太太一样，也是个吝啬鬼，说也许这是送来抵押的时候就有的旧伤，说什么也不肯赔偿。碰上这种事，我也实在没办法。当然，这屏风也确实是十分值钱的家当。听说你之前也去过老太太家，有没有留意那个屏风呢？斋藤已经语无伦次了，女佣也已经回乡下了，真让我为难啊……"

屏风确实是借款的抵押品，但其他的说辞都是明智信口胡编的。一听到"屏风"两个字，路屋不由得心中一惊，但听到后来，刚刚悬起的心又放了下来。

"怕什么，不是已经判定斋藤有罪了吗？"

路屋稍加思考，最后还是觉得应该贯彻自己的原则，不要无聊的手段，照实说。

"正如笠森先生已经知道的那样，老太太那里我也只去过一次。那是在案发的两天前，上个月的三号。"他面带微笑，像这样的说话方式，他已经非常熟练了，"不过我确实记得那个屏风，当时确实没有什么损伤。"

"是吗？不会记错吧？就在小野小町的脸上，就一点点损伤。"

"对了对了，我想起来了，屏风上是六歌仙吧？小野小町……没有，确实没有损伤，如果有，一眼就能看到，毕竟色彩实在是十分鲜艳。"

"那么，必要的时候能不能请你作证呢？屏风的主人，就是那个借款人，死活不肯罢休，实在是无可奈何。"

"当然，随时听候您的吩咐。"

路屋很是得意，十分干脆地答应了面前这位"律师"的请求。

　　"太谢谢你了。"明智右手搔着浓密的头发，高兴地说，这是他兴奋时下意识的习惯动作，"其实啊，路屋君，我一开始就知道你肯定清楚屏风的情况。昨天的心理测试，听到'画'的时候，你脱口而出'屏风'。这可不是常见的联想，毕竟你租住的地方应该不会摆放屏风这种东西吧。再说，除了斋藤，你好像也没有其他朋友了。于是我想，应该有什么特别的理由，才会让你对屏风印象这么深刻吧。"

　　路屋吃了一惊，事实确实如这位"律师"所说。尤其让他吃惊的是，昨天心理测试的时候，怎么会说出"屏风"两个字？而且直到刚才为止，自己一点都没有察觉，这是不是太危险了？但是，究竟危险在哪里呢？当时，他确实检查过那处损伤，认定它不会成为任何证据或者线索。

　　镇定，一定要镇定！

　　但实际上，他已经犯下了不可挽回的大错。

"原来如此。这我倒没有注意，您实在是太敏锐了。"

路屋仍在坚持自己的原则。

"哪里哪里，我不过是偶然发现的而已。其实，我还有一个小小的发现。昨天的测试里，有八个与这个案子直接相关的关键词，你在对这八个关键词做出联想的时候，表现可以说完美。请看，这八个词都做了标注。"明智说着拿出了那张测试结果，"但问题在于，虽然只是一点点，但是你对这八个词的反应时间比其他无关紧要的词还短。听到'花盆'后，你只用了零点六秒就说出了'松树'。这些词里面，最容易产生联想的要数'绿'和'蓝'了，但即便这个，你也花了零点七秒。"

路屋开始不安起来。这个律师唠唠叨叨到底要说什么？

"'花盆'也好，'油纸'也好，'犯罪'也好，这些词都绝不会比'头''绿'等容易联想，但你偏偏对这几个词反应得更快。这意味着什么呢？我察觉到的破绽就在这里。要不要听我说说我的想法？当然，只是姑妄之言，如果说错了，还请见谅。"

路屋感觉到背后的冷汗流了下来，但他不明白为什么会搞成这个样子。

"你非常清楚心理测试的危险和不足之处，事先做了准备：如果听到这个词就这么答，听到那个词就那么答。啊，别紧张，我无意批评你的做法。事实上，心理测试这玩意儿根据情况有时是非常不可靠的。但一旦准备得太充分了，也容易露出马脚。你只是一心想着不能反应太慢，却没想到反应太快也同样危险。当然，这里说的快慢其实差别很小，稍不留意就会忽略。"

说到底，明智怀疑的依据仅此一点。

"但你为什么会选择'钱''杀人''隐藏'之类容易引起怀疑的词呢？这不过是反其道而行之罢了。罪犯在听到'油纸'的时候绝不会回答'隐藏'，脱口而出这样的词，不就证明你问心无愧吗？我说得没错吧？"

路屋一动不动地注视着明智的眼睛，不知为什么，他怎么也移不开自己的视线。不光眼睛、鼻子、嘴也都僵硬起来，什么表情也做不出来。如果能出声的话，他一定已经惊恐地大叫起来了吧。

"你最显著的特征，就是玩弄这种假装单纯的小花招，所以我才会提出这样的问题。喂，你明白我的意思吗？就是那个屏风。我料定你会照实说，果然如此。笠森君，那屏风是什么时候搬到老太太家的？"

"案发的前一天，也就是上个月四号。"

"什么，前一天？真的吗？这就怪了。刚才路屋君明明说他在案发前两天在老太太家的客厅里看到过这屏风。这实在是……你们肯定有谁弄错了吧？"

"大概是路屋君吧。"笠森嗤笑道，"直到四号傍晚，那屏风还在它原来的主人家。"

明智饶有兴致地观察着路屋清一郎的表情变化。此时的路屋心理防线已经崩溃，面容扭曲，仿佛马上就要哭出来似的。他做梦也没有想到自己竟然中了别人的圈套。在他来之前，明智已经从笠森那里得到了证实，案发前两天，老太太家中根本没有屏风。

明智又开口了：

"这下可麻烦了，你犯下了一个不可挽回的大错啊。根本不存在的东西，你怎么可能看到呢？据你所说，你只去过老太太家那一次吧？特别是你还强调那屏风上画的是六歌仙，这可是致命的。你尽可能让自己说实话，结果却说了谎话。案发两天前去的那趟，你恐怕根本没留意什么屏风不屏风的吧？你印象深刻的，只有案发当日看到的屏风，于是想当然地认为那屏风一直就在那里。而且我故意说得就像它一直就摆在客厅似的，更是加剧了你的这种错觉。一般的罪犯绝不会像你那样回答，他们总是会想方设法地遮掩自己的罪行。但幸运的是，你的脑袋比一般的罪犯和法官聪明十倍，二十倍。只要不涉及关键问题，尽可能如实回答反而更安全，这就是所谓的否定之否定，不过我在你的否定之否定上又加了一重否定，而你对此毫无防备，因为你完全没有想到一个毫不相关的律师会给你设下这种圈套。所以，你看……"

路屋清一郎脸色惨白，冷汗淋漓，无言以对。事到如今，再说什么都没用了，反而有可能露出更多的破绽，正所谓言多语失。奇怪的是，此刻他的脑海里，走马灯似的快速闪现出他儿时的一幕幕记忆。

长时间的沉默。

"听到了吗？"还是明智打破了沉默，"沙沙的声音。那是书记员在记录我们所有的谈话……你不是说随时可以作证吗？好了，现在就把笔录拿来吧。"

随着明智的话，一名男子从隔壁房间走了进来，是笠森的助手。

"请从头到尾念一遍。"

明智说。于是那助手开始朗读。

"我想你听清楚了吧？那么，路屋君，在上面签名后按上手印就行了。你刚才不是说随时可以作证吗？只不过没想到会是以这种方式吧？"

路屋清一郎明白，此时即便拒绝签名按手印也无济于事了。

　　"正如之前所说，"明智总结似的说道，"心理测试真正的作用仅限于确定被测试者是否知道某地、某物或某人。就这起案件来说，就是路屋清一郎是否看到过屏风。除此之外，即便做一百次心理测试恐怕也没什么用。像路屋这样心理素质过硬，又做了充分准备的嫌疑人，心理测试反而有助于为其脱罪。我还要指出一点，所谓的心理测试，不一定非要有事先准备的词组和各种设备，普通的对话就可以达到目的。古时的一些审案专家，例如大冈越前守等，早已在不自觉的情况下使用这套心理学方法断案了。"

地狱丑角师

裸女石膏像

　　在环绕东京的国营铁路上，至今仍有几处旧式的道口。这些道口设有值班室，每当列车通过的时候，红白相间的栏杆就会落下，值班人员则挥舞起信号旗。丰岛区的I站道口就是这些旧式道口之一。那里是市中心到丰岛区的必经之处，因此不分昼夜都车水马龙。一旦遇上列车经过，往来的车辆更是挤挤挨挨，把道口围个水泄不通。

　　暮春的某个黄昏，天气阴沉而略带暖意。下午五点二十分，一列货运列车在道口缓缓驶过。像往常一样，各种交通工具在栏杆前挤成了一团。

当列车终于驶过，栏杆重新抬起之后，各色交通工具鸣着笛，从两侧如潮水般地涌向道口，本就拥挤不堪的道口顿时乱作一团。

在这一片混乱之中，夹杂着一辆敞篷轿车，十分扎眼。更引人注目的是，轿车后排座位上还载着一个奇怪的物体。那东西有五尺多长，裹着白布，看那形状，好像是个人形的东西，直挺挺地靠在靠背上，头部斜斜地伸出车外。

混乱与嘈杂让人心烦意乱，突然，一阵巨响，仿佛给这幅乱象按下了暂停键。人们循声望去，只见一辆大卡车正试图通过道口，但经过铁轨时的摇晃让车上堆得高高的货物左摇右晃，五六个小箱子终于掉了下来。大卡车似乎在赶时间，对此毫无察觉，继续摇摇晃晃地驶过了道口。但那辆敞篷轿车却为了躲避掉下来的箱子冲出了道路，车身歪斜地停在了路边。司机像是被从车上甩了下来，此时正一边掸着身上的土，一边艰难地爬起来。

突然，他愣在了那里——后排座位上的东西不见了。难道是刚才也被甩出了车外？他连忙四下张望。果然，那东西就躺在铁轨上，裹在外面的白布不知什么时候已经松开了，露出了里面的东西，是一尊裸女石膏像。

如果摆在艺术展厅里，这一定是一件不错的作品，但躺在混乱不堪的道口铁轨上就是另外一回事了。

石膏像并没有太大的破损，虽然身上出现了不少裂痕，但头和四肢都完好无损，是一个年轻女人。司机发现了石膏像，神色慌张地忍着痛朝那里跑去。与此同时，道口值班员一边挥舞着信号旗，一边大叫着从另一个方向向石膏像掉落的地方跑去。

急切的哨声响个不停，列车的轰鸣声也由远及近，"危险，危险"的惊呼声在人群中此起彼伏，大家又开始拥挤着往后退。值班员拼命地挥舞着手里的信号旗示意停车，五节车厢的列车紧急制动，地面仿佛都震动起来，带起一阵狂风，尖利的吱嘎声如同巨兽的呻吟。车厢里的乘客东倒西歪，但即便如此，列车还是没能及时停下，裸女石膏像在铁轨上被推出了好几米，虽然没有被拦腰斩断，但是腰间的石膏却四处飞溅。

挤在道口的人群一边缓缓后退，一边用同情的目光打量着破碎的石膏像，有的紧锁着眉头，有的窃窃私语。瞧他们的模样，似乎被列车撞伤的不是石膏像，而是一个活生生的女人。

列车司机跳下车来，对着道口值班员破口大骂。列车上的乘客纷纷探出头来，一些性急的年轻人甚至直接从窗口跳了下来。所有人的视线都集中在了破碎的裸女石膏像上。

人群最前排一个公司职员模样的男人对身边一个大学生模样的人说：

"喂，你看，那石膏像的裂缝里有什么东西渗出来了。"

"是啊，是红色的。难道这石膏像还会流血……"

大学生模样的人瞪大了眼睛，不可思议地看着石膏像。

"是红色的吧？"

“没错，确实是红的。”

这样的对话在人群中漫延开来。

列车司机和道口值班员蹲在石膏像旁边，此时已经脸色惨白。

“喂，这不会是把死人封在了石膏里吧？”

列车司机突然嘟囔了这么一句令人毛骨悚然的话。

“嗯，也许……这手，说不定是真的手……”

道口值班员把信号旗反过来，用木柄使劲儿敲打起石膏像的一只手来。

“这石膏像就是那辆敞篷轿车运来的吗？司机去哪儿了？”

“是啊，得找到那家伙。”

道口值班员站起身来四下张望，在人群里搜寻那个司机，并大声询问围观的众人，但那司机不知什么时候已经不见了踪影。难道他知道这石膏像里是一具尸体，还是被里面流出的血吓破了胆？

不一会儿，以I站站长为首的许多工作人员赶来了。随后，接到报警的I警署的警官也赶到了现场。

"这可是大案！把人做成石膏像，简直就是侦探小说里才有的情节。"

"是啊，说不定凶手还打算把这石膏像送去展览呢。"

看热闹的人越来越多，原本就拥堵不堪的道口又被围了个里三层外三层。

雕塑师绵贯

石膏像被送到I警署，由法医验尸。拍照之后，石膏外壳被小心翼翼地剥下，里面果然是一具二十多岁的年轻女子的尸体。只是尸体的面部损毁严重，原本的面貌已经无法看清了。

这无疑是一起凶杀案，而且凶手手段极其残忍。I警署立即报告警视厅，警视厅组成了专案组，派出大批警力四处排查。但是尸体面部被毁，身上又没有明显特征，要查清死者身份极其困难。

唯一的知情者——那个司机下落不明，可以作为线索的，只有那辆被留在现场的敞篷轿车了。

经过调查，那辆车属于I警署辖内的柴田租车公司。警方找到公司，得知司机把车租下之后就再也没有露面，倒是委托方轻而易举地找到了，是个雕塑家，名叫绵贯创人，住在S町，也属I警署的治安管辖范围。

据租车公司的人说，绵贯创人大概三十五六岁，瘦高个，长发，就住在他的工作室里，生性孤僻，好像没什么朋友，访客也很少。工作室距出事地点不远，如果他真是凶手，恐怕早已闻风而逃了。但是不管怎么说，还是去调查一下吧。

于是，几个警官步行来到S町绵贯创人的工作室。

这一带是新开发的住宅区，非常冷清，四周围着篱笆，院门不过是形式上的，门扇大敞着。从那儿进去，马上就是工作室的玄关，紧闭的房门油漆斑驳，不管怎么叫也没有人来开门，拧转把手也打不开，应该是上了锁。警官们只好绕到侧面，从窗口向里窥视。

工作室的一角摆着三四个等身人像，旁边放着一个陈旧的大木箱。木箱周围零乱地放着好几个雕塑头像，墙上挂满了手臂和腿。工作台上堆着几团黏土，旁边是装满水的铁桶。炉子上放着水壶，一张破旧的桌子上胡乱堆着素描簿、罐头、茶杯等。总之，整个屋子乱七八糟，破败不堪。一间小屋跟工作室连在一起，门也大敞着，可以看到里面胡乱堆在地上的被褥。整个屋子一眼就可以看得清清楚楚，根本没有绵贯创人的影子。

警官们随后走访了附近两三家邻居，向他们打听情况。邻居们都说绵贯创人是个十分古怪的家伙，至于他每次外出究竟去了什么地方，谁也说不上来。

就这样，警官们没有找到任何线索，两手空空地回到了警视厅。警视厅在全东京各处交通要道设点盘查，寻找犯罪嫌疑人绵贯创人，同时询问了与他有来往的雕塑家同行，希望可以找出他可能的藏身之处。

最初去绵贯创人的工作室调查的警官之一园田对这些安排不以为然。他刚刚三十出头，还是血气方刚的年纪，虽然在上司面前只能毕恭毕敬，但心里却想：

"为什么不在那个工作室周围布控呢？嫌疑人显然是仓皇出逃的，什么东西都没带，说不定会趁夜回来拿东西呢。不，他一定会回来的。那家伙生性孤僻，没什么朋友，根本没有地方可去，最后只能回到这里。对，就是这样。既然他们都没想到，我就自己去埋伏吧。充其量是个不入流的雕塑家，我自己对付他绰绰有余。要是能顺利抓住他，那可是大功一件，说不定就可以直接升职了。"

园田越想越得意，下班后回家换上便装，再次来到了S町。

晚上八点，S町已经是万籁俱寂，犹如深夜了。毕竟这里即便是白天也没什么人。

白天走访的时候曾听邻居们说，最近绵贯创人手头非常拮据，甚至连电费也付不起，夜里只能点蜡烛。

园田在黑暗中摸索着，凭着白天的记忆来到屋侧的窗前，撬开破旧的窗户，悄悄潜了进去。他掏出随身携带的手电，把房间里照了一遍，结果和白天来的时候一模一样，没有人回来过的迹象。

"好吧，今晚就在这里守株待兔吧。嗯……这个大木箱倒是个不错的藏身之所，即便那家伙回来点上蜡烛，也不会发现这里面有人。"

园田对自己的计划颇为得意，打开箱盖，检查过里面确实没有任何东西，一个翻身就藏了进去。他个头不大，只要稍稍弯一下腿，就可把盖子盖得严严实实。

"哈哈，没想到这里面还挺舒服，困了还可以打个盹儿，趁现在没人，吃块奶糖吧……"

园田一边吃着奶糖，一边把箱盖撑起一条缝，凑在上面观察着黑暗中的动静。

夜越来越深，目标始终没有出现。园田在箱子越来越难熬，开始越来越频繁地打开手电看表。快十点的时候园田开始担心起来，就这样下去自己能在这箱子里坚持到天亮吗？

然而就在这时，门外传来一阵狗叫，然后是轻微的脚步声越来越近，好像有人走进院子，来到了工作室门外。

园田一下子紧张起来，赶紧屏住呼吸，竖起耳朵。

不一会儿，传来一阵窸窸窣窣的声音，好像是有人在掏钥匙开门。

"啊，果不出我所料，这家伙回来了！肯定是绵贯创人，不然的话不可能有钥匙。这家伙真够狡猾的，一直等到十点才回来。好，准备战斗！"

园田在箱子里极力克制着自己的兴奋，透过那道缝隙紧盯着门口。

门开了，发出一阵吱吱呀呀的声音，继而是咯噔咯噔的脚步声，在黑暗中毫不犹豫地朝房间里走来。瞧这家伙对这房间这么熟悉，肯定就是绵贯创人。

脚步声消失了，那家伙好像停了下来，不知道要干什么。又是一阵窸窸窣窣的声响过后，"哧"的一声，一根火柴划着了，那家伙点燃了蜡烛。

从箱子的缝隙可以看到一个手持烛台朝房间正中走来的身影。

瘦高个，蓬乱的披肩长发，肥大的西装极不合身，确实是邻居们说的那个绵贯创人。

烛光从下往上照在那张干瘪得犹如骷髅的脸上，突出的颧骨上是一双诡异得像要马上突出框外的大眼睛，像热病患者一样闪着异样的光。疯子，是疯子的眼睛。

园田不由得紧张起来，双拳紧握，心跳加速。

"这家伙不会是回来睡觉的吧？别急，看看他到底要干什么，到时候再抓住他也不迟。"

园田打定主意，继续在暗中监视。

那人影突然停在房间中央，似乎在不安地环顾四周，然后用一种奇异的嘶哑的声音自言自语起来：

"奇怪，这房间里有人，哼！"

那人直勾勾地看向木箱，园田不由得脑袋里嗡的一声，赶紧缩起了脖子。

"难道他发现我了？不可能啊。他怎么会知道箱子里有人？不过就算被他发现了，也不过是一对一，我怎么可能输给他。对，再看看情况。"

园田暗忖。

就在这时，又是一阵窸窸窣窣的声音，先是来到房间一角，然后转向木箱跟前。

"哈哈哈……好极了，真是绝妙的灵感！哈哈哈……这工作太有趣了，现在开始吧！哈哈！痛快，痛快……"

那人怪叫着，然后像是忍不住似的大笑起来。园田不敢打开箱盖，只能听到这诡异的声音，心中不由得忐忑起来。

"工作？这家伙到底要干什么？难道在犯下这样惊世骇俗的大案之后，他还有心情在深夜工作吗？"

园田终于还是按捺不住，小心翼翼地把箱盖顶开一点缝隙，偷偷向外窥视。

只见那人拎着一把大榔头，还把什么东西放进了口袋里，也许是把凿子吧。难道他要开始雕刻？

不等园田细想，那人突然蹿向了木箱，一屁股坐在了上面。

"哈哈哈……里面的家伙，我知道你听得清清楚楚，哈哈哈……你以为我什么都不知道吗？你以为我没看到那道缝吗？我这双眼睛可是在不管多黑的地方都一样好使。现在我要开始工作了。你猜猜，是什么工作？就是用榔头和铁钉让你永远待在这木箱里。哈哈哈……"

随后园田听到了钉钉子的声音。

"不好，我太大意了！从这家伙神神叨叨地自言自语的时候就应该有所警觉。不过这家伙也太可怕了，房间里明明这么黑，他竟然能一眼就发现箱子上这么小的一道缝隙，还马上就想到了这样歹毒的手段……"

园田已经顾不得再多想下去了，要是被他钉牢了钉子，可就彻底完了。于是，园田使出浑身力气，想从下面把箱盖顶上去。但箱子里空间狭小，根本使不上力。就这样，一颗，两颗，三颗……钉子一颗颗地钉上，园田知道凭力气已经没用了，于是开始竭尽全力地大喊，希望有人可以听到来救他。

但从被钉死的箱子里传出的声音闷闷的，根本传不多远，而且这附近根本没有其他人。

"要是带一个同事一起来就好了……"

园田后悔莫及，但已经无济于事了。

他在箱子里不停地喊叫拍打，只觉得嗓子干得像火烧，心脏马上就要从胸膛里跳出来了。而且，他越来越喘不过气来了。这样下去，岂不是要被活活憋死？园田惊恐万分，绝望地张大了嘴，像条鱼似的一张一合，马上就要窒息了。

死里逃生

"哈哈哈……这样一来你就跑不了了。尽管叫吧，正好可以给我下酒，哈哈哈……"

绵贯说着从里间的小屋取来威士忌和酒杯，重新坐回木箱上，自斟自饮起来。

放在肮脏地板上的蜡烛是房间里唯一的光亮，昏黄的烛光从下往上映照着他骷髅般的脸，一张一合的嘴巴好像幽深的洞穴，脸上满是皱纹，一对野兽般的眼睛闪着幽光。

"哈哈哈……你就折腾吧，再加把劲儿，这么结实的木箱，就凭你那点力气根本不管用。"

他冷嘲热讽了几句，又是一阵大笑，灌了几口威士忌。

"等一下，木箱里一定不好受，让我想想办法，这就让你舒服点，哈哈哈……"

他嘟囔着莫名其妙的话，摇摇晃晃地站起身来，好像已经喝醉了。

箱子里的园田还在拼命挣扎，隐隐约约地听到"让你舒服点"的时候，他心头一惊，继而感觉到箱子上的人似乎站了起来。到底是什么意思？难道他要杀了我？一定是这样，我已经看到了他的模样，他一定会杀人灭口的。

园田胡思乱想的时候，脚步声已经再次由远而近——那家伙回来了。他一定是去拿什么东西了，枪？就算隔着箱子，这么近的距离，足以一枪毙命了。

园田蜷缩在箱子里，仿佛能听到自己的心跳像擂鼓一般，浑身上下冷汗直流。

然而，预想中的枪声一直没有响起，取而代之的是"吱吱嘎嘎"的奇怪声响，而且箱子传来了微微的颤动。难道他想用什么锋利的东西在箱子上开个孔？是刀？然后从那个孔里把刀插进来？在这么狭小的空间里，根本避无可避。

园田不由得想起了那个著名的魔术表演：身穿礼服的魔术师把一把把锋利的长剑刺入木箱，而箱子里关着性感的女郎……

突然，箱子被钻透了，一个刀尖似的东西扎了进来。园田吓得双眼紧闭，但出乎意料地什么事也没发生。他试探着睁开眼睛，只见眼前的箱壁被钻出了一个洞，微弱的烛光照了进来，更重要的是，大量的新鲜空气涌了进来，园田只觉得呼吸都顺畅了。

"哈哈哈……吓坏了吧？你以为我会杀了你。哈哈哈……还不到时候。就这么憋死你太无趣了，所以才给你开了这么一个透气孔。怎么样，这下听得更清楚了吧？"

确实，嘶哑可怖的声音听起来清楚多了，园田甚至还隐隐闻到了酒气。

"喂，你到底想干什么？"

园田强自定了定心神，对着那个小孔大吼道。

"哈哈哈……你害怕了？我又没说要吃了你，只是让你助助酒兴，哈哈哈……"

绵贯又一屁股坐到箱子上，仰头灌了一大口威士忌。他每喝一口酒就要把园田挖苦讽刺一番，然后就是一阵狂笑。这家伙本来就像个疯子，喝了酒之后更是语无伦次、喋喋不休。

绵贯就这么边喝边骂边笑，渐渐地，声音越来越含混不清，而且夹杂进了某种奇怪的声音——是鼾声。那家伙竟然坐在箱子上睡着了。突然，"啪"的一声，应该是酒杯掉到地上摔碎了。然后又是一声闷响，"扑通"一声，连人也滚落到了地板上。

房间里只有绵贯的鼾声。

机会来了，得赶快出去，趁他熟睡的时候把他绑起来。

园田再次攒足了力气不断地往上顶，但这箱子实在是太结实了，他折腾了好半天，才终于觉得钉子稍稍有点松动，盖子似乎抬起来一丝缝隙。

园田已经筋疲力尽了。

就在这时候，箱子外面好像有什么动静，声音非常微弱。难道是那家伙醒了？不，不是，鼾声还在继续，是另一个人。是谁？什么时候进来的？明明既没听到开门的声音，也没听到脚步声。但确实有人，就连呼吸的声音都能听到了。

园田只觉得毛骨悚然。午夜时分，有人偷偷摸进了这阴森恐怖的工作室，是谁？还是……

他屏住呼吸，不久，那个声音消失了，但并没有听到离去的脚步声。难道是一动不动地蹲在了角落里？为什么？他要干什么？

绵贯的鼾声依然没有停，他好像压根儿不知道发生了什么，还在毫无察觉地熟睡。

园田一时间不知如何是好。向那人求救？万一是绵贯的同伙……就在他犹豫不定的时候，又传来了更奇怪的声音，像是噼里啪啦的爆裂声。与此同时，园田闻到一股怪味，好像有什么东西烧着了。

果然是什么东西烧着了，气味越来越浓，爆裂的声音也越来越响，不仅如此，白色的浓烟已经从之前的那个小孔里钻了进来，呛得他不住地咳嗽。更恐怖的是，箱壁上的小孔已经被映红了，是火光，通红的火光——着火了！

园田惊恐万状，拼命拍打着箱壁求救，对身上的擦伤浑然不觉。人在绝境中爆发出的力量非同小可，之前已经松动的箱盖终于被园田顶开了。他从箱子里站起身来，环视四周，发现原本昏暗的工作室已经被火光映得通红一片，隔开里间的板墙已经烧塌了，火舌正舔舐着天花板。

绵贯创人呢？

只见他倒在浓烟之中，呛得不住咳嗽。园田起初以为他是醉得太厉害才站不起来，但仔细一看，并非这么回事，他不知什么时候已经被五花大绑了。手脚都失去自由的绵贯只能在地上不住打滚，嘴里还念念有词，说着莫明奇妙的胡话。

"要是这么放着不管，这家伙肯定就没命了。不知道是谁干的，但绑得这么结实，可就省了我的事了。好，把这家伙带回警署。"

想到这里，园田将绵贯扛了起来，冲到门前，一脚踹开门冲了出去。

来到街上，来不及松一口气，园田不住地高喊：

"着火了！着火了！"

通宵审讯

园田扛着如一滩烂泥的绵贯创人回到I警署，署里立刻紧张了起来。署长、司法主任、法医都在第一时间接到了电话，连忙赶到了警署。

尽管已是凌晨三点，审讯室里却是灯火通明。

一盆冷水当头浇下，绵贯稍稍清醒了一点，摇摇晃晃地站起身来，两眼直愣愣地看着前方。

"喂，醒醒，你的工作室已经被烧光了。"

司法主任大声嚷着，绵贯满脸不明所以地眨眨眼睛，脑袋左摇右晃，好像在思考什么。

"别装疯卖傻的！你的酒也该醒了吧。"

司法主任"砰"地拍了一下桌子，绵贯大吃一惊，身体一颤，好像终于想起了什么。

"啊，是的，着火了……我还以为会被烧死……可是，警官把我救了出来。"

绵贯断断续续地说着，好像终于回想起来了。

"你说的一点儿也不错。要是把你扔在那儿不管，现在你早已是一堆焦炭了。"

听司法主任这么一说，绵贯苍白的脸上满是惊恐，两个大眼睛瞪得更圆了，冷汗也冒了出来。

"啊，我这下闯下大祸了！我……我杀人啦！"

绵贯原本就是凶杀案的嫌疑人，现在又自己喊着杀了人，按理说没什么不可思议的，但是看他现在的样子，总觉得哪里不对。

"你说你杀人了？是女人吗？"

"女人？不，不是女人，是男人。我把一个不认识的男人关在木箱里，然后坐在箱子上喝酒……我就记得这些，后来就什么都不知道了。着火了……那，那男人……你们在现场没发现尸体吗？这，这可怎么办，那人自己可出不来，一定已经被烧死了。你们到底发没发现烧焦的尸体？还是说，那箱子被抬出来了？"

看他悔恨交加的样子，好像真的在为园田担心。可是，之前他那副气势汹汹要致园田于死地的样子又是怎么回事呢？

"哈哈哈……这你就别操心了，被你关在木箱里的人就在这里。瞧，就是他！把你从大火里救出来的也是他。"

司法主任指着坐在旁边的园田说。

绵贯好像这才注意到园田的存在，疑惑地将目光转向了他。

"没错，就是我。"

园田嘲弄似的把脸伸了过去。

绵贯盯着他的脸看了好一会儿，突然好像想起了什么，满脸惊愕。

"就是你！你这混蛋！深更半夜地在我家里干什么？"

绵贯大吼着扑过去一把抓住了园田的衣领。

"你这下可跑不了，你这小偷！喂，你们不是警察吗？快抓住他啊，快！"

司法主任把绵贯推开：

"你胡说什么？他才不是什么小偷。他叫园田，是警视厅的刑警。"

"什么？刑警？可我怎么看他这么面熟，就像被我关在箱子里的那家伙……"

园田站起身来，瞪着惊慌失措的绵贯：

"别演戏了！你是说以为我是小偷才把我关在箱子里的吗？你撒谎！你是为了掩盖罪行！"

"什么？什么罪行？不过你大概真的是警察，不然不会在这里这么趾高气昂。既然如此，你为什么要偷偷溜进我的工作室？就算你真是警察，也不能私入民宅吧？更何况还躲在箱子里，怎么看都更像是小偷吧？"

园田和司法主任交换了一个眼神，真是奇怪，面前这个家伙好像一点也不知道裸女石膏像事件。说不定他真的是把园田当成了小偷。

"今天傍晚，不，已经是昨天傍晚了，你委托柴田租车公司运送裸女石膏像了吧？"

司法主任心平气和地问道。

"石膏像？你说我委托租车公司运送石膏像？不可能！你们一定是搞错了！我最近根本没有做什么石膏像，整天都游手好闲，到处闲逛。"

"你再这么装糊涂我可要不客气了！这一带只有你一个雕塑家，再说我们有证人。柴田租车公司的人可以证明确实是你委托他们的。"

"什么？柴田租车公司？我根本就不知道有这么一个公司，更别说委托他们了。不过，既然你们都是警察，想必不会胡说……能不能告诉我，你们说的石膏像到底是怎么回事？"

看他那呆头呆脑的样子，怎么也不像是在演戏，于是，司法主任把昨天的情况详细地说了一遍。他听后大惊失色，整个人哆嗦成了一团，连话也说不出来了。过了好一会儿，他才用一种已经变了调的声音颤抖着说：

"啊……原来警官先生是为调查那件事……我实在是一点都不知道，还以为是小偷，所以才……对不起，实在对不起……"

说完，他不住地向园田鞠躬道歉。原本阴森可怖的模样现在直让人觉得滑稽可笑。

"你不是说要杀了我吗？"

园田半真半假地问道。

"不，那是开玩笑，真的。我以为是小偷，才故意吓唬你。我怎么可能会杀人呢。哈哈哈……"

古怪的雕塑家发出分不出是哭是笑的嘶哑声音，原来不过是一个外强中干的胆小鬼。

"你说了那么多，有个问题我还是不明白。着火的时候你已经醉得人事不省了吧？那么是谁把你绑起来的呢？园田当时在箱子里，什么都没看见。总不可能是你自己把自己绑了起来吧？关于这一点，你能不能给我们提供一点线索？"

司法主任把话题转了回来。

布袋木偶

"这……我实在是什么也想不起来了……"

绵贯似乎感到无地自容，把头垂得更低了。过了一会儿，他好像突然想到了什么，猛地抬起头来瞪大眼睛说道：

"等一下！好像……我也是受害者。那石膏像绝对不是我做的，也就是说，另有犯人。那家伙想要烧死我，让我当他的替罪羊。说不定从一开始就是这样计划的。先用我的名义租下汽车，把石膏像运到某个地方，但是由于那起意外事故，石膏像的秘密败露了，就更要伪造我畏罪自杀的假象了。

"趁我喝得酩酊大醉，把我绑起来，再放火……对，一定是这样。如果我真的被烧死了，那就死无对证了。你们就会认定我是凶手，也就不会再查下去了。这样一来，真正的凶手就可以逍遥法外了。混蛋！想得倒美！

"怎么样？大概不会有更好的推断了吧？但那家伙怎么也想不到竟然会有一位警官被我关在了木箱里，这对我来说实在是太侥幸了，要不然不但死得不明不白，死后还要背上杀人犯的罪名。"

绵贯极力想要证明自己的清白，所以绞尽脑汁推理出了听起来合情合理的过程。

"那关于真正的凶手你有什么线索吗？比如平时有没有什么人跟你有仇……"

司法主任用尽量温和的语气问道。

"没有，我一点也想不出来。不过我认为事情应该就是我刚才说的那样。"

两位警官再次交换了一下眼神，彼此点了点头。

"绵贯创人恐怕真的是无辜的。如果是演戏，那演技未免也太好了。不过，在找到那个司机，并让他和绵贯当面对质之前，还不能就这么把他放了。总之，等天亮向上级汇报之后再说吧。"

司法主任和园田商量后，说服了绵贯先在拘留所休息。此时已经是凌晨五点，他和园田都没有回家，留在警署和值班的警官喝茶闲聊。

天刚蒙蒙亮，一个大概二十岁的美丽女人惊慌失措地闯进了警署。她脸色苍白，嘴唇由于惊惧不住地颤抖。

司法主任走上前去：

"小姐，这么早来警署有什么事吗？"

"我叫野上爱子，住在K町。我听说，昨天傍晚，I车站附近道口发生了石膏像女尸案，我就是为了那个来的，希望能允许我看一下尸体。"

尸体预定今天进行司法解剖，现在还躺在警署的一个房间里，让她看一下倒不是什么麻烦事，但是总要有个合适的理由。

"嗯……我想，死者可能是我的姐姐。"

"什么？你姐姐？为什么会这么说？你姐姐叫什么？多大年纪？"

"我姐姐叫野上宫子，今年二十二岁，六天前离家后至今未归。全家人都急坏了。听说道口发现女尸的消息后，我总觉得那说不定就是姐姐，于是再也坐不住了，好不容易等到了天亮，请务必让我看一眼，拜托了。"

"原来是这么回事。既然六天前就离家出走了，为什么直到现在才说？案发后，我们调查了近期所有的失踪人口，没有发现有姓野上的报案啊。"

"那是因为我们当时还不能确定姐姐失踪了，所以……"

"为什么？"

"姐姐出走后来过一封信……不过，无论笔迹还是内容都不像她的，但是在听说昨天的案件之前我们也没想那么多。但是昨晚，我有一种预感，死者可能就是我姐姐……而且，姐姐出走前情况就不太正常……"

"所谓的不正常是指……"

"她离家出走的前一天收到了一个小包裹，上面除了收件人的姓名什么都没写。姐姐也没多想就拆开了包裹，里面是一个布袋木偶，就是那种可以套在手上表演的木偶。这种东西到处都可以买到，我还以为是什么恶作剧。但姐姐只看了一眼就吓坏了，她魂飞魄散的模样，我还是第一次见到。"

"是很不正常。那你问她原因了吗？"

"当然问了，但姐姐什么也不肯说。那天晚上睡觉前，姐姐突然问我：爱子，如果姐姐死了，你怎么办？我根本不知道该怎么回答。后来半夜的时候，我听到姐姐蒙着被子抽泣。第二天一早，姐姐连招呼也没打就走了，之后就再也没有回来。"

"那么你姐姐寄回来的信上有没有地址？"

"没有。信上说她住在朋友家，让我们不用担心，还说很快就会回来的，但那笔迹不像我姐姐的。"

"跟你姐姐的那些朋友打听过吗？"

"嗯，我认识的都打听过了，但都说不知道。不过也说不定姐姐还有我不认识的朋友……还有，昨天早上又发生了一件可怕的事，太可怕了……即便没有石膏像事件，我也要来报警的。"

"哦？什么事？"

"昨天早上，邮递员又送来一个小包裹，这次上面写的是我的名字。"

野上爱子说着打开随身带来的包裹，从里面取出一个布袋木偶。

司法主任接过木偶，翻过来转过去地仔细观察，并没发现什么可疑之处，不过是随处可见的普通木偶。头戴红白条纹相间的尖帽子，雪白的脸上，前额和两颊分别涂有一团红油彩，大鼻子，眼睛眯成一条细线，嘴涂得鲜红，嘴角向上翘着。司法主任一边端详木偶一边想，难道可怕的杀人事件和这个不起眼的布袋木偶真的有什么关系吗？

"好吧，不管怎么说，先让你看一下尸体，但愿不是你姐姐。"

司法主任叹了口气，带着野上爱子来到放置尸体的房间。

房间里没有任何装饰，只是简单地铺着地板。房间一角铺着草席，尸体就放在那上面。虽然盖着白布，但那线条很明显是个女人。

野上爱子一见这情景，一下子怔住了，就那么呆立在门口，犹豫了好半天才战战兢兢地走了过去。她跪坐在尸体旁，颤抖着双手慢慢掀开了白布。只是看了一眼头发，顿时吓得一个激灵，身体直往后仰。

突然，她咬紧牙关，猛地掀开白布，看了看尸体的右臂，然后就趴在地上嚎啕大哭起来。

"真是你姐姐吗？"

司法主任见状，同情地看着野上爱子问道。

"是的，姐姐的右臂上有伤疤，是她十六岁那年不小心被刀划伤的……这具尸体上，伤疤的形状和位置都和姐姐一模一样……"

野上爱子泣不成声。

推销员

　　半小时后，野上爱子从警署出来，眼睛已经哭肿了，步履蹒跚地走在回家的路上。

　　确认那尸体就是姐姐后，她的精神受到了严重的打击，但还是勉强回答了警方的询问：姐姐是六天前离家出走的，之前一天收到了一个不知什么人寄来的布袋木偶，姐姐看到之后脸色大变；姐姐离家出走的时候带走了自己存的所有现金，说不定凶手是谋财害命，等等。除此之外，她再也说不出什么有价值的线索了，尤其是凶手，她想不出什么人会对姐姐如此恨之入骨。

爱子精神有些恍惚，不知不觉间来到了离家不远的一处冷清街巷。这里远离热闹的大街，视线所及一个人都没有。两侧的围墙和篱笆绵延不断。

虽然在警署待了足有三个多小时，但是因为爱子天刚蒙蒙亮就跑去了警署，此时还不到十点。

当天的天气可以说风和日丽，但爱子的心情却跌倒了谷底。她不由得又想起了那个布袋木偶。警方说要留下作为线索进一步调查，这样也好，可以名正言顺地把那可怕的东西扔在一边了。只是虽然明明已经脱手了，但那木偶的样子却深深烙印在了爱子的心里。

手可以从木偶的衣服下面伸进去，将陶制的脑袋和双手套在手指上，就可以让木偶做出各种动作。红底白点的衣裳格外醒目，还有红白条纹相间的尖帽子。惨白的脸上，额头和两颊分别涂着一团红油彩，没有眉毛，眼睛眯得像一条线，鲜红的大嘴，嘴角向两边翘起。对于爱子来说，这张脸比什么妖魔鬼怪都可怕。

就在爱子惊恐不已的时候，突然，迎面传来了脚步声。

"太好了，终于有人了……"

爱子循声望去，只见一个人影从前面的街角转了过来，一团艳丽的色彩如同盛开的鲜花冷不防地闯进了她的视野。原来是一个胸前挂鼓、背后插旗的推销员。

推销员脚步轻盈，迎面朝爱子走来。刚刚觉得有点安心的爱子在看清对方的脸后，只觉得天旋地转。难道是幻觉？来人就像是一个放大了的布袋木偶。

"是巧合，这不过是个巧合。我满脑子都是那个布袋木偶，推销员又是这副装扮，才会产生这种幻觉。没事的，没什么好大惊小怪的。"

为了让自己平静下来，爱子停下了脚步，暗暗地安慰自己。

推销员也穿着一件红底白点的衣服，头戴红白条纹相间的尖帽子，脸上涂着厚厚的白粉，前额和两颊分别涂着红色的油彩。没有眉毛，眼眯眯得像一条线，鲜红的大嘴，嘴角向两边翘起……

爱子下意识地侧过身去，背对着来人，还不住地安慰自己不要害怕。那推销员一直盯着爱子，鲜红的嘴唇间露出森白的牙齿，似乎在笑，却没有发出声音。

终于，爱子再也坚持不住了，低着头快步往自己家的方向走去。突然，那个刚刚与她擦肩而过的推销员转过身来，像头狼一样一声不吭地跟在后面。

走出一百多米后，爱子突然感到耳边有一股湿暖的气息，顿时吓破了胆。

"不能回头，要保持镇静，一定是那家伙……"

可是那气息越来越近了，甚至连那令人讨厌的呼吸声都听得一清二楚。突然，一个嘶哑的声音传进了她的耳朵：

"你知道绝望的滋味吗？"

爱子只觉得脑子里"嗡"的一声，仿佛心脏都停止了跳动，好不容易才勉强支撑着自己没有倒下去。

她艰难地稍稍侧过脸去，只见那推销员几乎把脑袋搭在了自己的肩膀上，煞白的脸遮住了整个视野，眯成一条线的眼睛里闪着异样的光芒，高高翘起的鲜红嘴角格外醒目。

"啊——"

爱子再也受不了了，惊叫着狂奔起来。

终于到家了，爱子的脑子里已经是一片空白。

"看到了吗？那真的是宫子吗？"

满脸泪痕、面色苍白的母亲问道。

然而爱子已经说不出话了，发出一串含混不清的声音后就跑回了自己的房间。

"你怎么了？发生了什么事？脸色怎么那么难看？"

母亲走进来，轻轻抚摸着爱子的后背。

爱子没有回答，像是自言自语，说出了令人毛骨悚然的话：

"一定是那家伙杀了姐姐，现在轮到我了，是那家伙，一定是那个推销员。"

爱子瞪着无神的双眼慌张地四下张望，好像生怕什么东西溜进这房间里来。

"妈妈，门关好了吗？没有什么人跟进来吧？"

"什么？你说什么？有人追你？"

"是那个家伙，说不定现在就在门外。"

说到这里，爱子突然"嚯"地站起身来，冲到窗边，悄悄把窗帘拉开一道缝，向外看去。

什么也没有。

突然，眼角的余光里，什么东西闪了一下，爱子转头看去，是街对面二楼的窗口，距她不过二十米。窗帘正煞有介事地一点一点慢慢拉开。

那房间里漆黑一片，好像还有什么东西在黑暗中慢慢向窗口靠近。没多久，那东西就占据了整个窗口。

爱子被吓得瞠目结舌，石化了一般呆立当场。

红底白点的衣服，红白条纹相间的尖帽子，惨白的脸，红色的油彩，眼睛眯得像一条线，鲜红的大嘴，嘴角向两边翘起……

这不就是那个推销员吗?

"啊!"

终于,爱子惊叫起来,极其短促,同时一把拉上窗帘,随即瘫软在地。

发条玩偶

就在这时，玄关处响起了敲门声。

"啊，是白井君。爱子，白井君来了。"

母亲开门后见是白井，立刻高声对爱子喊道。

爱子听说白井来了，像是终于找到了依靠，略微放下心来。

"爱子，你快出来吧。白井君一定是看了报纸的报道后赶来的……"

母亲刚说到这里，爱子已经出来了。这时白井已经坐在了客厅里。

"果然……我看了报上那条消息，就有一种预感……"

爱子一见白井，什么话也说不出来，大颗的泪珠扑簌簌直往下落。

白井清一是位年轻的钢琴家，跟野上家是远亲，由双方父母做主，从小就和宫子订了亲，但他似乎对这桩婚事并不怎么上心，找了许多理由，将婚期一拖再拖。

比起姐姐宫子，白井似乎更喜欢妹妹爱子，两人的感情一直很好，如今已经俨然是一对情侣。

爱子终于止住了眼泪，把事情的经过断断续续地讲了一遍。

"奇怪！不管怎么说，杀害宫子的凶手也不可能化装成推销员躲在对面的房子里吧。是不是你看错了？这几天精神压力太大，或许出现了幻觉。"

"不，不，我确实看到了。就在街对面二楼的房间里，说不定现在也还在那里。"

"嗯，既然你这么说，好吧，我这就去看看。不过，我还是觉得不可能像你说的那样，一定是宫子的遇害让你的头脑有些不清醒了。"

白井说完就起身去调查了。

"爱子，你真的看见了？那个推销员？"

听到白井出门的声音，母亲提心吊胆地走到爱子跟前轻声问道。

"是的，我看得非常清楚！"

"那当时为什么不对我说？"

"我不敢，太可怕了……我不想让妈妈看到那种可怕的东西。"

"一定是你看错了，怎么会有那种事……我甚至还不能相信宫子已经死了，现在你又被盯上了，这，这到底要怎么办才好……"

母亲深深地叹了一口气。

不一会儿，白井神色慌张地回来了。

"果然像爱子说的那样。对面的房子租出去了，之前的房客搬走了，房东正在找新的房客。刚才一个推销员来过，说是要租下那房子，要求先看一下。可房东看那人是个推销员，不太想租给他，于是婉言拒绝了。但那家伙执意要看一下二楼的房间，不等房东同意，竟然自己闯了上去。那家伙一会儿打开壁橱，一会儿拉开窗帘，你看到的应该就是他。"

"嗯……这么说那家伙现在已经不在那儿了？"

"是的，连名字也没说就走了。看来租房只不过是借口而已，他就是想吓唬你。"

"那家伙跟我在路上遇到的推销员是同一个人？"

"大概吧。但是这也太奇怪了，就算要吓唬你，也不用搞出这么一套吧？又是寄布袋木偶，又是化装成推销员，这怎么看也不像是正常人的行为吧。"

"是啊，所以我才会这么害怕。既不知道他的真面目，也猜不透他到底要干什么……"

"简直是个疯子。石膏像也是，根本不是正常人能想得出来的。得马上报警。"

"嗯，白井君，你能不能暂时住在我们家？只有我们母女两个实在是不安全。"

"好吧，我留下。宫子已经惨遭杀害，再不能麻痹大意了。"

就在这时，门外传来邮递员的声音，又是一

个小包裹。

"什么地方寄来的？"

母亲战战兢兢地问道。

跟之前一样，没有寄件人姓名，邮戳是麻布区的。

"爱子，这是寄给你的，这字迹你认识吗？"

"不认识，我认识的人可没有字写得这么差的。"

还没说完，爱子的脸色就变了。

"这……我想起来了，昨天寄来的包裹上也是这字迹。"

她连连后退，想要离这可怕的包裹越远越好。

"会不会是那家伙寄来的？打开看看里面装着什么。"

白井也紧张起来，屏住呼吸，小心翼翼地拆开了包裹。

"咦，像是个玩具。"

打开一看，里面装着一个木偶，比布袋木偶要小一些。

"快，快把那东西扔掉，够了！又是红底白点……"

爱子远远地看着，颤抖着声音说。

"嗯，胸前挂鼓，背后插着鲤鱼旗。"

白井让玩具站在榻榻米上。那玩意儿好像已经上过了发条，脚一着地就挥舞着小手在榻榻米上走了起来，那模样滑稽可爱，如果被小孩子看到，一定会非常喜欢，但对于爱子来说，只能用恐怖来形容。

"寄这种玩偶到底想干什么？不是已经寄过布袋木偶了吗？……瞧，背上的鲤鱼旗上好像有字。"

白井摘下玩具背后的鲤鱼旗，上面写满了蚯蚓爬似的小字。他迅速看了一遍，随即把鲤鱼旗卷起来放进了口袋里。

"白井君，你这是干什么？"

"没什么，你还是不知道的好。这不过是个无聊的恶作剧。"

悬　崖

　　白井、爱子和爱子的母亲又谈了一会儿那个可怕的推销员，白井和母亲暂且不说，就连爱子对那人也是毫无头绪。

　　"宫子竟然会有这种仇家，我实在是没有想到。"

　　"是啊，关于这一点，警方也问过我，但是我实在想不出会有那种事。"

　　"这一切到底是为什么？就算是疯子，可那疯子为什么会盯上我们家？"

　　"肯定有什么理由，不然的话，不会精心策划，犯下这种案子。我总觉得背后一定有什么重大的阴谋。"

"什么？阴谋？"

"我一时也想不明白。但是像石膏像案，即便是个疯子，也是个聪明绝顶的疯子。这样的家伙绝不会无缘无故地这么大费周章。从刚才开始我就一直在想一个人。爱子，你听说过一个叫明智小五郎的侦探吗？他非常有名，我的一个朋友认识他。当然我们要首先取得警方的保护，但是除此之外，我觉得我们应该跟明智先生商量一下。这种不可思议的案子是他最拿手的。"

"我也听说过他。如果能够联系到他，请务必请他施以援手。"

"那好，我现在就先去警署报案，请他们派人保护你们。然后就去我那个朋友那里，请他带我一起去拜访明智先生。"

吃过午饭，白井来到大街上，拦下一辆出租车急匆匆走了。之后的几个小时，什么都没发生。

六点左右，一辆汽车停在了大门前，爱子以为是白井回来了，连忙跑出来迎接，不料却是一个年轻的司机，说是白井派来送信的，说完递上一张名片。

是白井清一的名片，背面用铅笔写着出人意料的消息，好像写的时候很匆忙，字迹非常潦草。

危险迫在眉睫，请立即上车，司机会带你到明智先生这里。我们已经被监视了，所以不能亲自去接你。刻不容缓，速来。

这文字太过简略，不能得出更多有用的信息，但是从内容和字迹判断，事态已经十分危急了。爱子把情况对母亲说了，然后就匆匆准备出门。事发突然，来不及细想，她只觉得要尽快去到白井身边才是最安全的。

"你知道怎么去明智侦探事务所吗？"

爱子问那司机。

"知道，请放心，快上车吧。"

母亲放心不下，想跟爱子一起去，但爱子说什么也不同意，她不能让母亲也置身险境，匆忙告别之后就急急忙忙地上了车。

汽车一路疾驰而去，爱子根本无心车外的景色，只觉得路旁的树木和路灯箭一般地射向后方。

二十分钟后，车颠簸起来，爱子向车窗外看去，漆黑一片，好像是在市郊的荒野中。

听说明智侦探事务所在麻布，从自己家去麻布会经过这么荒凉的地方吗？爱子不安起来。

"司机，这是什么地方？"

没有回答。

爱子越发慌张起来。

"这到底是什么地方？快到麻布了吗？"

"麻布？哈哈哈……你打算去麻布？"

坐在副驾驶席上的人答话了。

"明智侦探事务所不是在麻布吗？"

"哈哈哈……明智？你想去他那儿？爱子小姐，还记得我的声音吗？"

爱子突然心头一惊，这声音……对了，是那个推销员！

那人以一种异常笨拙的动作慢慢转过头来。

啊，是那张脸！

不知什么时候，那人的脸上已经涂满了白粉，前额和两颊分别涂着红油彩，眼睛眯成了一条线，鲜红的嘴角高高翘起。

"啊——"

爱子惊声尖叫，两手死死抓住车门把手，好像要跳车逃跑。但只是这样已经耗尽了她所有的精力，就这么僵持了不一会儿，她就有气无力地瘫软在了后排座位上。

不知过了多久，爱子只觉得自己在漆黑的大海里苦苦挣扎，一种难以形容的窒息感让她痛苦不堪，终于，她将头伸出了水面。

她长出了一口气，慢慢睁开眼睛，过了好半天才反应过来，自己还在汽车里。

"对了，一定是刚才我被吓昏了过去。那家伙还在吗？"

想到这里，爱子战战兢兢地抬起头向副驾驶席看去——没有人。司机也不见了，这车上只剩下了她一个人。

当然，车已经停了，似乎是在郊外，因为从车窗看出去没有一盏路灯。

难道是看我昏了过去，所以放松了警惕？不管怎么说，这个机会可不能错过，一定要赶在他们回来之前逃走。

爱子很快就拿定了主意。先试了试右车门，好像锁了，怎么也打不开。

"难道已经从外面锁上了？所以他们才会这么放心地离开？"

但无论如何，这可能是唯一的机会，绝对不能就这么放弃。她又试了试左边的车门，门竟然开了。

车外漆黑一片。

已经顾不得害怕了，爱子使出全身力气蹿出了车外，右脚刚一沾地，左脚就跟了出去。但突然，她心头一惊——脚下踩空了。还没反应过来到底是怎么回事，身体就开始不受控制地急速下滑，仿佛在坠入无底的深渊。情急之下，她双手不住地乱抓，想要止住下滑的态势，但什么也没有，下滑的速度越来越快。突然，好像碰到了什么东西，来不及多想，她立即死死地抓在了手里。是树根，虽然不粗，但似乎非常坚韧。又滑出足足一米多之后，终于稳住了身形。她一边死死抓住树根，一边用脚尖小心地试探着落脚的地方。只要稍一用力，脚下的泥土就会松动，哗哗地往下掉。

这里，好像是一处悬崖。车居然停在悬崖上。爱子根本没想到，一心只想赶快逃走，右侧的车门又被锁上了，她只能从左边出来，然后就一脚踩空，滑下了悬崖。好在抓住了树根，没有直接摔下去。但是在这种荒郊野外，会有人在这深更半夜路过救下她吗？自己又能坚持到什么时候呢？才这么一会儿，手掌已经传来热辣辣的感觉，眼看就要抓不住了。

"来人啊，救命啊……"

爱子声嘶力竭地喊着。

突然，似乎有什么动静，是悬崖上传来的。

"太好了，有救了！"

爱子努力抬起头向上看去。

"嘿嘿嘿……你这是咎由自取。"

又是那张脸，又是那个嘶哑的声音。

"我只是把车停在这里，可你却自己跑了出来。"

推销员似乎在等爱子回话，沉默了一会儿，见爱子什么也不说，于是又不慌不忙地继续道：

"你以为我是谁？就凭你那双纤细的小手马上就要支撑不住了。然后，你就会从这里摔下去，死无全尸。哈哈哈……不过在那儿之前，我会让你死个明白，听好了。"

说完又默不作声了。

爱子眼看就要抓不住了，但她仍竭尽全力，心里充斥着满腔的怒火。无论如何也要听听这家伙怎么说，在那之前，死也不能松手。

第三个目标

这天夜里，明智小五郎坐在书房里，聚精会神地摆弄着两样东西。一个布袋木偶背靠一摞书坐在书桌上，一个上了发条的玩偶敲着鼓在桌子上走来走去。

明智一脸严肃，双臂环抱在胸前，皱着眉头思考着什么。

他在报纸上看到了石膏像一案的相关报道，对这诡异离奇的案情很感兴趣，恰好被害人野上宫子的未婚夫白井清一来访，说凶手又盯上了宫子的妹妹爱子，请求明智施以援手。

明智自然接受了白井的委托，进一步地了解案情之后，两人于当天晚上拜访了野上家。没想到爱子已经被人诱拐走了。

之后的一个星期，尽管警方全力搜索，但始终没有找到野上爱子的下落。明智这边也毫无进展。根据犯人的打扮，以及在作案前邮寄小丑玩偶的习惯，媒体已经给他取了一个绰号——地狱丑角师。

就在明智摆弄那两个玩偶的时候，助手小林芳雄报告说：

"先生，白井先生来了。"

"哦？这么晚了，肯定有什么急事，快请他进来。"

不一会儿，白井神色慌张地走了进来。他还穿着晚礼服，看样子是音乐会结束后直接赶了过来，但此时衣领已经歪了，领结也松开了一半。

"明智先生，又出事了。"

白井连招呼也没打，就直接来了这么一句，而后一屁股坐在了明智对面的椅子上。

"什么事？是这家伙吗？"

明智说着随手拿起桌上的玩偶。

"对，是他。这次是从舞台顶棚扔下一把匕首，相泽丽子险些遭到暗算。"

"你是说相泽小姐？"

相泽丽子是著名歌星，明智也知道她。

"这一回她被盯上了，就是刚才的事。我正给她伴奏的时候，一把匕首突然从天而降，擦着她的肩膀扎在了舞台上。出事地点是H剧场，是为社会公益事业募捐的音乐会。警方立即展开了搜索，但什么都没发现。我也接受了警方的讯问，一结束就马上赶来了。"

白井一口气说完才停了下来，看向明智。

"你说匕首是从顶棚扔下来的？会不会有什么定时装置？"

"是扔下来的。有个剧务人员看见了那家伙的背影，穿着红底白点的衣服。虽然顶棚上挂满了各种道具、幕布，乱七八糟，但那家伙竟然健步如飞，一转眼就不见了。"

"红底白点的衣服？是小丑？"

"是的。"

"最终还是被那家伙逃走了？"

"真不清楚他从哪儿逃掉的。不可能是观众席，后台也有许多人，都说没见过这样的家伙。警方推测那家伙应该是换装之后混在人群里逃走的。"

"嗯，很有可能。这还真像那家伙干的事。在音乐会华丽的舞台上上演血腥恐怖的一幕，跟上次的石膏像事件如出一辙。难道是存心卖弄？这家伙就是个疯子！好在这次没能得逞。"

"是啊。不过恐怕那家伙不会就此善罢甘休。相泽小姐已经吓坏了，太可怜了。据说今天早上她也收到了玩偶……"

"这是犯罪预告啊。"

"嗯，因为之前我向她提起过宫子和爱子的事，所以相泽小姐收到玩偶后立即报了警。警方派出了大批便衣警察混入会场，但还是……"

"相泽小姐平安回家了吗？"

"嗯，警方不但一路护送，在她家也严密设防。但对方毕竟是那个地狱丑角师，绝不能掉以轻心，所以我想，明智先生是不是也能够过问一下相泽小姐的事，我就是代表她来正式委托先生的。”

“相泽小姐家在哪里？有电话吗？”

“在S町，有电话。”

“那好，你先电话联系一下，提醒她不管发生什么情况，千万不要外出，就在家等我们。一定不能再发生爱子小姐那样的事了。”

白井马上给相泽丽子打去了电话，把明智叮嘱的事说了一遍，关照她千万小心。

接着，明智给警视厅的中村警部打了电话，要求参加这起案件的侦破工作，并得到了许可。

打完电话，明智又问白井：

“关于凶手，相泽小姐有没有什么线索？”

“没有。而且宫子、爱子姐妹和相泽小姐根本互不相识，毫无瓜葛，凶手怎么会突然又盯上了相泽小姐？”

“白井君，你和相泽小姐的关系大概很密切吧？”

“嗯，我们认识已经有两年了，关系相当不

错。而且我们的配合很默契，她的演出总是由我伴奏。"

"那么，也不能说毫无头绪啊。"

"您这是什么意思？"

白井吃惊地看着明智。

"你想一下，野上宫子是你的未婚妻，她妹妹爱子跟你也很亲密。这一次被盯上的相泽小姐又是你非常要好的异性朋友。也就是说，以你为中心加以考虑的话，这三起案件绝不能说没有关系。"

"所以……您是说……"

白井的表情不自然起来，不停地眨着眼睛。

"不，我没有其他意思，只是说三起案件并不是没有关系。似乎有人对你怀有强烈的情感，关于这一点，你有没有什么线索？"

明智别有深意地看着白井。

"哦，您是说这个啊。很遗憾，我可没什么线索。"

"虽然你这么说，但除此之外，三个受害者就没有其他联系了，所以，这一点也不能排除在外。

而且嫉妒这种东西可不能以常理来判断，所以哪怕是一点点在你看来微不足道的小事，也请你坦率地说出来。"

不知为什么，明智非常执拗地追问这一点。

就在这时，"啪"的一声，一支箭从窗外射了进来，扎在了书桌上的玩偶面前。

两人都吓了一跳，不由得都站了起来。

明智一个箭步蹿到窗前，在窗边隐住身形向外张望。窗外狭小的院子一览无余，根本没有可以藏身的地方，恐怕那支箭是从院外射进来的，那样的话，即便立即追出去也已经无济于事了。

明智回到桌前，拔出那支箭，那是一支吹箭，箭杆上卷着一张纸条。

明智展开纸条，摊在桌上，不由得眉头一皱：

"果然是那家伙。"

那张纸条的内容如下：

　　明智，劝你少管闲事，不然我又得多杀一个人。那个人，就是你。不要蹚这浑水，对你没好处。而且无论如何，你也休想解开这次的谜，那是来自地狱的秘密，是超出常理的奥秘。

地狱丑角师

"什么地狱丑角师，把三流记者起的名字都用上了。什么来白地狱的秘密啦，超出常理的奥秘啦，都是些侦探推理小说里的词儿。"

明智满不在乎，但白井却感觉自己仿佛越来越深地陷入了恐怖的漩涡之中。

毛遂自荐

"白井君，要说有趣可能不太恰当，但我的确觉得这次的案件非常有意思。正如凶手本人说的那样，这一系列的案件背后一定隐藏着骇人的秘密，单靠表面现象根本无法想象。三个被害人都对凶手毫无线索，难道真会有这种事吗？如果认定是疯子所为，那就没什么可说的了。但连续出手三次之后还没有留下任何线索，这么周密的计划，真的是疯子能干得出来的吗？看了刚才的恐吓信，我的这种感觉更明确了。即便仅仅从表面现象来看，这也已经是史无前例的犯罪事件了，但事件的背后一定还隐藏着更加可怕的东西。"

明智一脸严肃，像是在自言自语。

"您这么说，我更不能放心了。相泽小姐不要紧吧？那家伙实在不是一般的罪犯，总觉得莫名地不安……"

白井再也坐不住了。

"要不然，你再去相泽小姐家看看。告诉她一定要注意窗户，以防那家伙吹进带毒的吹箭。"

"您说得对。明智先生，请允许我再借用一下电话，我想还是尽快把这些告诉她为好。"

白井再次拨通了相泽丽子的电话，告诉她务必关好门窗。

"明智先生，我这就去相泽小姐家，您如果没有其他事，能不能跟我一起去？"

"我当然也要去。不过，不是和你一起，我要另外去。"

"什么？您说'另外'是什么意思？"

"就是不让对方知道我是明智小五郎，完全作为另外一个人前往。要骗过对手，首先要骗过自己人，你明白吗？"

明智凑到白井耳边，窃窃私语了几句。

"明白了，明白了。那么，请多多关照。我这就先走一步了。"

白井把相泽丽子家的地址告诉明智，就急匆匆地离开了明智侦探事务所。

过了没多久，明智也离开了事务所，但谁也不知道他是什么打扮，从哪儿离开的，只知道那天晚上他整晚都不在事务所里。

也许是警方的严密警戒吓退了凶手，当天晚上一夜无事。

第二天上午十点，明智又出现在了事务所的书房里，若有所思地摆弄着那两个玩偶。谁也不知道他是什么时候回来的。

"先生，这人说一定要见您……"

小林一脸尴尬地走了进来。他知道明智昨晚彻夜未眠，原打算替先生挡下所有的访客。

明智从小林手中接过名片，表情立即生动起来。

"没关系，请他进来，是绵贯创人，就是那个古怪的雕塑家。现在已经排除了他的嫌疑。"

不一会儿，骨瘦如柴的绵贯在小林的带领下走进了书房。他看起来更瘦了，两只大眼睛简直要突出框外似的，原本就不怎么合身的西装显得更加肥大了，而且满是褶子。

寒暄过后，两人落座。

"我早就想见您一面了。侦探这项工作实在很有意思，我很想试一下。"

绵贯一上来就以不知该说是坦诚还是冒失的口吻开门见山地说道。

"听说你不仅被错当作凶手，而且连工作室也被烧成了一堆废墟。"

明智轻飘飘地把话题岔了开去。

"嘻，那种破旧的工作室，原本跟废墟也没什么区别，我根本不在乎。比起这个，我更感兴趣的是这次的杀人事件。昨天从拘留所出来后，看了报上的报道，才知道了大致情况。我也很想参与这起案件的侦破工作。"

绵贯言辞恳切，但明智却感到不可思议。自

己参与调查此案的消息并未见报，只有白井、野上爱子的母亲以及相泽丽子三人知道，他怎么会知道的？

"你说找我有事，是什么事呢？"

明智暗自警惕起来，但表明上仍装作若无其事地问道。

"其实，明智先生，能不能请您收我为徒，当然是侦探方面的。据我所知，您大概已经参与了这起案件的侦破。像这样的大案您不可能不感兴趣。哈哈哈……希望你能允许我担任您的助手。"

"听你的意思，似乎我已经接受了这次案件的委托？"

明智语带嘲讽，但绵贯毫不在意，只是瞪着那双大眼睛直勾勾地看着明智。

"是的，我觉得应该是那样的，我的直觉一向十分敏锐。明智先生，您说是不是？"

"哈哈哈……你可以尽情去想象。我倒想知道，你对这起案件抱有如此浓厚的兴趣，是不是有什么特别的原因？"

"当然。我要找出那个想要陷害我，还要烧死我的家伙报仇。此外，更吸引我的是离奇的案情。您明白吗？这是侦探的本能。昨天晚上险些出现第三个被害者，那家伙总是盯着年轻女性，这是为什么？先生，我想您肯定已经有答案了吧。"

绵贯越说越亢奋，身体不由得探向明智，两眼闪着异样的光，似乎想要从明智的脸上看出答案。

明智回望着雕塑家那张怪脸，忽然闪出一个奇怪的念头：这家伙会不会就是昨晚吹箭的人，或者，就是那个诡异的丑角师？如果真是这样……

"是否参与姑且不谈，但我对这起案件真的很感兴趣，只是目前还一无所知。不要说凶手是谁了，就连他的目的是什么也还不清楚。"

"哦？这可不像大侦探说的话啊。我想，会不会是'蓝胡子'？您肯定知道的，就是西方侦探故事中经常出现的，专门以年轻女性为目标的连环杀人犯。说起来，第一个被害人野上宫子小姐，还是我的熟人呢。"

"什么，你认识宫子小姐？"

"是的，我今天来就是跟您报告这一情况的。她曾跟我学过一段时间的油画。虽然我的专业是雕塑，但是教教她这样的初学者还是绰绰有余的。"

"那是什么时候的事？"

"两年前。当时她刚从女子学校毕业，每天都会到我的工作室来，学了大概半年。"

"那你认识她的妹妹爱子小姐吗？"

"不，她家里的情况我一无所知。宫子小姐在女校读书时的一位美术教师是我的同学，是他介绍宫子小姐来我这里学画的。"

"这么说，第一个被害人和你并非毫无关系，凶手将你当作替罪羊也不是偶然的。"

"是的。凶手多半知道我与宫子小姐的关系。"

"你们的关系仅限于此吧？"

明智敏锐地察觉到绵贯在说"关系"一词的时候语调有微妙的变化。

"不，并非如此。"

122

"哦？此话怎讲？"

"野上宫子的确有点与众不同，怎么说呢，浪漫主义者？还是……总之，她是个幻想家。连我自己都不觉得自己有哪儿好，但是她却对我表露出了超越师生关系的好意。"

明智不由得再次仔细打量起眼前的这副尊容来。只能说，也许比起长相，艺术家的气质更吸引野上宫子吧。

"但是，我对那姑娘怎么也喜欢不起来。怎么说好呢？她有一种无论如何让人接受不了的地方。也许是命中注定吧，我跟她根本合不来。她越是表示好意，我就越是反感，后来甚至连看都不想看她一眼。终于，我不再让她来我的工作室了。"

"宫子小姐人长得很难看吗？"

"不，也不是那么回事。我不能说她长得特别漂亮，但也不丑。"

"如果是这样的话，你被卷进这次案子的理由不是就说不清了吗？如果你和宫子小姐关系密切，那倒好说，但听你刚才的意思恰恰相反。而憎恨宫子小姐的人竟然会因为这个加害于你，这根本就说不通啊。"

"是啊，我也不明白。也许有其他理由，比如我的工作室是理想的作案场所。如果仅仅是因为这个的话，那凶手也太歹毒了。如果不是园田警官，我现在根本不可能在这里跟您说话。"

"如果你只是偶然被选中，成了替罪羊，那也太倒霉了。不管凶手多么残忍，为了这个就要烧死你，也实在是太过分了。这里面一定有什么原因吧？"

明智说完，紧盯着绵贯的眼神，似乎在寻找答案。绵贯也看了他一眼，但表情很不自然。两人就这么陷入了沉默。

"明智先生，您是不是在怀疑我？认为我就是真凶，只不过伪装成了受害者？毕竟这样的情况之前也不是没有过。"

绵贯冷不防地一针见血。

"哈哈哈……我刚才确实这么想过。但听了你的话，我就明白了，你干不出杀人那种事的。"

明智满不在乎地笑了笑说。

"那么，您同意我担任助手了？"

"当然同意。也许今后还会有非你不可的工作呢。"

明智意味深长地说。

黑　影

当天晚上，S町的相泽丽子家外，四名便衣警官严阵以待。前后门都有人把守，还有人在围墙外踱着步，关注着过往的行人。

明智肯定也在什么地方注视着一切，但无论是相泽家的人还是警方，对此都毫无察觉。

相泽丽子在父亲和白井清一的陪伴下，在自己的房间里。

这是一间面朝院子的日式房间，但装饰得却像个西式房间。靠墙放着一架钢琴，墙上挂着近来崭露头角的西洋画家M的风景画，整个房间的布置给人一种高雅沉静的感觉。

面朝院子的拉门外还有一扇玻璃门，自从接到白井的电话提醒，就一直关得紧紧的。

相泽丽子穿着宽大的白色睡衣，忧心忡忡地坐在椅子上，苍白的脸上没有一丝血色，显得格外憔悴。

就在三人陷入尴尬的沉默的时候，女佣送来一封信。

"啊，是琴野小姐的信。本来约好要拜访她的，可是出了这种事，连个招呼也没来得及打，一定是为了这事。"

相泽丽子打起精神，拆开了信封。

琴野和相泽从音乐学校读书时就是好友。

但是，刚展开信纸，相泽丽子就脸色大变，浑身颤抖起来。

"怎么了，丽子？"

父亲相泽先生见女儿这样，也不由得大惊失色。

相泽先生五十多岁，头发花白，身体单薄。

"白井君，是那个家伙，虽然署名是琴野，但肯定是那个家伙写的。"

相泽丽子手足无措，颤抖着把那封信推到了白井面前。

白井接过来一看，是封恐吓信：

今晚将会发生非常事件，还请务必多加小心。丑角师无论如何都要把你带入地狱。你那张漂亮的脸蛋将会因为恐怖变得扭曲。

"相泽小姐，别信这些鬼话，无非是吓唬吓唬你，没什么大不了的。再说你爸爸和我都守着你，即便那家伙来了又能怎么样？尽管放心好了。"

"对，白井先生说得对。更何况还有警官们守在外面，那个叫明智小五郎的大侦探也已经接受了委托，说不定也在什么地方监视着这里的动静。这么严密的防范措施，那家伙就是再有能耐，也别想靠近你一步。别担心。"

"是啊，没什么可怕的。"

相泽丽子勉强挤出一丝笑容。

就在这时，一道异常强烈的光束照在玻璃拉门上，房间里的三人不约而同地站起身来，紧盯着被映成青白色的拉门。

"啊！那是什么……"

白井大声喊道。

拉门上映出一个形状怪异的黑影。是树？不，绝对不是。

那影子最上边是一个尖利的三角形，往下是一个诡异的凹凸不平的东西，再往下，影子向左右两边迅速膨胀。

"啊，是脸！是一张人脸……"

三人同时察觉到了。那个三角形的东西不就是那顶红白条纹相间的尖帽子吗？

"啊，啊，啊……"

先是悲惨的呻吟，继而变成凄厉的尖叫。

叫声仿佛是某种信号，强烈的光束突然消失了。

相泽先生瘫坐在榻榻米上，双手抱着已经吓昏过去的相泽丽子。他似乎想说什么，可嘴唇颤抖得厉害，说不出话来。

　　白井虽然被什么东西绊了一下，但仍然一个箭步冲到拉门前，猛地一把拉开拉门，在门外的屋檐下摆开架势，准备与那可怕的丑角师决一死战。

　　院子里草木丛生，只有一点室内的灯光照射出来，根本找不出那家伙藏在什么地方。只是漆黑一片的灌木丛后好像有什么东西在动，一双眼睛正在黑暗中朝这边张望。

　　就在这时，一阵窸窸窣窣的声响，一个黑影蹑手蹑脚地向他走来。

小乞丐

"谁？谁在那里？"

白井大声喝问。

"是我。刚才看到这里亮得出奇，又听到奇怪的声响，所以赶来看看。"

没想到对方竟然回话了。

原来是一名警官。

"原来是你啊。刚才，那丑角师的脸映在这拉门上，显得特别大。"

"什么，丑角师？"

"嗯，所以我刚刚才会以为你就是那家伙……"

"这么说，是刚才的亮光把那家伙的影子映在拉门上的。光源应该是在那边……"

警官说着伸手指向院子里正对着拉门的篱笆。

就在这时，像是回应警官的动作，从篱笆后传来了一段奇怪的对话。

"喂，站住！是谁？在那里干什么？"

"给我过来！"

"怎么，难道还想跟我们比试比试吗？"

是两名警官，但不知道他们在跟什么人说话，对方回话的声音很小，在拉门这边什么也听不到。

跟白井说话的警官说了一声"我过去看看"，然后就直奔篱笆而去。

白井只觉得几道黑影蹿了出去，但只过了一会儿，刚才那名警官在前，其他两名警官在后，好像带着什么人回到了院子里。

被三名警官围在中间的，是一大一小两个乞丐。大乞丐戴着破毡帽，帽檐儿乎遮住了眼睛，上身穿一件脏兮兮的衬衫，下面是皱皱巴巴的裤子，脚上穿的是草鞋；小乞丐的手被大乞丐牵着，看上去十四五岁，穿一件破烂不堪的条纹和服。

"这两个家伙在那边鬼鬼祟祟的，不知道在干什么。"

刚才跑去支援的警官对白井说，随后转过身对两个乞丐大喝道：

"你们俩到底在那里干什么？快说！"

"监视啊。"

大乞丐低声答道。

"监视？监视什么？"

"丑角师啊。"

"什么？丑角师？这么说你们知道这里是谁家了？"

"嗯，知道。"

"喂，你们到底是什么人？为什么要监视丑角师？"

"我是明智。"

那家伙似乎在强忍着笑。

"你说什么？明智？难道你是……"

"是的，我是明智小五郎。"

大乞丐摘下破毡帽，向前跨出一步，来到了拉门前灯光能够照到的地方。

警官们一个个目瞪口呆，他们当然都认识明智那张脸。

"啊，原来是明智先生。虽然您说过要'另外'来这里，但万万没想到您竟然化装成了乞丐……诸位，我们确实委托了明智先生。"

白井对警官们解释说。

"原来是这么回事。哈哈哈……对不起，明智先生，是个误会。要是早知道是您，我们绝不会这么无礼。"

"没关系，你们并没有弄错，瞧，这不是已经抓住了犯人。"

明智面带笑容，语气十分轻松。

"什么？犯人？"

"嗯，就是这家伙。"

明智说着将小乞丐一把拉到众人面前。

"是他？可是刚才映在拉门上的是丑角师的影子啊。"

"那影子我也看见了。那家伙还在那里呢。"

"什么？还在那里？"

明智这话完全出乎警官们意料之外，一下子又都紧张了起来。

"就在那边的灌木丛里。"

"丑角师就藏在那里吗？"

一名警官压低了声音问道。

"是的，我这就去把他带过来。你们看好这家伙，别让他跑了。"

明智满不在乎，把小乞丐交给警官们，自己大步向灌木丛走去。

黑暗中，只听到一阵"沙沙"的声响，不一会儿，明智手里拿着什么东西回来了。

"就是这个，哈哈哈……"

众人一起向明智手里看去，那是一块小木板，一端贴着厚纸剪成的丑角师的脸，另一端绑着一截金属丝，金属丝前面还挂着一根涂着白色粉末的带子。

"是镁，只要点燃这根带子，把镁粉引燃，就会发出刚才那样强烈的光，然后就会把这剪纸的影子映在拉门上。"

"这木板肯定是绑在树枝上或者其他什么地方的吧？"

白井大为惊讶，插嘴问道。

"是的。"

"那一定要有人点燃这个镁带啊。"

"就是这家伙。我原本化装之后在这附近巡逻监视，看到那强光之后就立即赶了过来，发现这家伙正从篱笆缝里往外钻，于是就一把把他抓住了，还没来得及问话，你们就赶来了，把我也一起抓了起来。"

"原来是这么回事。我们完全明白了，明智先生，这家伙就交给您全权处理。"

"那好，我来审问他。喂，小家伙，过来。撒谎对你可没好处。我问你什么你就说什么，看，"明智说着掏出一张百元大钞，"只要你说实话，这就是你的。"

那小乞丐的视线立即被牢牢吸引住了。

"谁让你这么干的？"

"一个推销员。"

小乞丐答得很干脆。

"推销员？你认识他吗？"

"不，不认识，是在路上偶然遇见的，就是前面那个路口。"

"真的？你再好好想想，如果撒谎的话就让这几位警官把你带回警署。"

"我没撒谎，不认识就是不认识。"

小乞丐不满地瞪着明智大喊。

"好，好，我相信你。那推销员是怎么跟你说的？是不是告诉你这里有这么一个装置，让你偷偷进来点火？"

"他说想跟这家人开个玩笑，不是什么坏事。我也没想到……"

"他给你钱了吧？"

"当然，不给钱谁干这种事。"

小乞丐说着从身上不知什么地方摸出了一张皱巴巴的百元大钞。

一旁的警官们随后又问了好多问题，但再也没能从这小乞丐身上得到更多的线索。

"好，我们说好的，这个归你了。"

明智把钱给了小乞丐，然后低声跟警官们说了些什么。

"白井君，我要借用一下电话。"

明智跟警官们商量完，把小乞丐托付给一名警官，转身对白井说。

"没问题，这边请，我来带路。"

明智跟着白井进到屋里，不知跟谁通了话，然后又问白井：

"白井君，相泽小姐呢？"

"相泽小姐刚才被吓得昏了过去，刚刚醒过来，说想要见您。请跟我来。"

于是，一身乞丐打扮的明智被带到了相泽丽子的房间。

相泽丽子在父亲的照料下已经醒了过来，此时正有气无力地靠在椅子上。听说不过是一个小乞丐搞出来的恶作剧，她稍稍放心了一点，但脸色依然苍白得吓人。

在白井的介绍下，双方一阵寒暄。然后，明智请相泽先生把女佣叫来。相泽先生虽然不知道这位大侦探想要干什么，但还是把女佣叫了过来。

女佣大概二十出头。

"刚才家里一片混乱，当时你在哪里？"

明智开门见山地问道。

"在厨房里。后来听到乱哄哄的，以为发生了什么事情，就跑到了这边的走廊里。"

"这么说刚才那个影子你也看见了？"

"嗯，看见了。"

"后来呢？你又干什么了？"

"我吓坏了，然后听到相泽先生叫我，于是连忙来到这房间。相泽小姐当时吓昏了，我就和相泽先生一起照顾她。"

"这么说，你离开后厨房里一直没人？"

"嗯，是的。"

相泽家除了这个女佣还有一个寄宿生，但他的房间在玄关那边。

"厨房里有没有什么只有相泽小姐才会吃喝的食物或者饮料？"

"哦，有……"女佣对于明智的问题大惑不解，想了一会儿才说，"葡萄酒，相泽先生不喝葡萄酒。"

"那么请你把葡萄酒连瓶拿来。"

明智的要求越发奇怪起来。

不一会儿，女佣拿着整瓶的葡萄酒回来了。明智接过酒瓶仔细检查，又打开瓶盖闻了闻。

"这酒暂时由我保管，还需要进一步检查。"

"难道……有毒？"

白井率先反应了过来，神色紧张地问了一句。

"有可能。但愿是我多心了。但是为防万一，还是检查一下的好。那家伙这么大费周章，恐怕不只是为了吓唬相泽小姐。引发那样的混乱之后，所有人都会赶到这个房间来，警官们也会暂时离开自己的岗位展开搜索，这样一来，那家伙就有机可乘了。他趁机由后门潜进来，摸进空无一人的厨房，在只有相泽小姐会喝的葡萄酒里下毒……

"这不但要求事先计划周密，还要在行动的时候身手敏捷，绝不是一般人能做到的，可见那家伙绝不简单，我们一定要打起十二分的精神。这瓶葡萄酒就由我带回去做进一步的检查，今晚厨房里的其他饮食最好也不要再碰了。"

听了明智这话，不光相泽父女，就连白井也吓得面无血色了。

"太可怕了！我该怎么办才好？"

相泽丽子蜷缩着身体不停地颤抖。

"也不用那么担心。如果对手是魔术师，那我也亮一手我的魔术，跟他较量较量。如果那家伙是个疯子，我也能对症下药。今晚我就先露一手，哈哈哈……"

"什么？露一手？"

白井惊讶地问道。

"嗯，我也表演一个小魔术，马上就能听到那个魔术师的声音。我正等着呢！"

就在这时，相泽丽子两眼直愣愣地盯着窗外，自言自语道：

"那……那是什么？……陌生的曲调，让人觉得很凄凉……"

不知从哪儿传来了几乎细不可闻的口哨声，那曲调就连相泽和白井这样的专业人士都没听过。

明智却笑了。

"就是这个，这就是那个魔术师的声音啊。"

"什么？魔术师……"

相泽丽子胆怯地看着明智。

"是的，不必担心。虽说是魔术师，但也是我的部下。白井君，把警官们都请来这里吧。"

"好。"

不一会儿，白井和一名警官一起回来了。

"现在就按刚才商量的那样，把那个小乞丐放出去吧。"

明智对那警官吩咐道。

"好，他已经来了？"

警官点点头，随即问了一句莫名其妙的话。

"是的，已经来了。"

两人的对话让所有人都听得一头雾水。

警官离开后，明智转向相泽丽子，脸上带着自信的微笑。

　　"相泽小姐，我的魔术如果成功，你就可以继续你的音乐会了，再也不会有匕首掉下来了。"

跟　踪

　　小乞丐离开了相泽家。已经十一点多了，深夜的街道上空无一人。他神色慌张地四下张望了一番，然后像是打定了主意，快步往一个方向疾走起来。刚走出大概二十米，路边的黑影里闪出一个人影，在他后边跟了上去。

　　这人也是个乞丐，满脸污垢，衣衫褴褛，看起来比小乞丐大个一两岁。

　　是小乞丐的同伴吗？如果是那样的话，他应该赶上去跟小乞丐打个招呼啊。但他毫无此意，只是保持一定距离，悄悄跟在后面，好像还不想让小乞丐发现似的。

那不是什么乞丐，而是明智的得力助手小林芳雄。

刚才，明智的电话就是打给小林的。让他化装成乞丐埋伏在相泽家门前，看到小乞丐出来就跟上去。刚才的口哨就是小林吹的。

对此毫无察觉的小乞丐在夜深人静的街道上一会儿左拐，一会儿右转，头也不回地一个劲儿地往前走。走出足有一公里后，他转过一个街角，丑角师早已等在那里。即便在深夜昏暗的街角，他仍然是那身打扮——红底白点的衣服，红白条纹相间的尖帽子，胸前挂鼓，背后插着鲤鱼旗——说不出的诡异。

"喂，一切顺利吗？"

丑角师低声问道。

"嗯，非常顺利。投影很清晰，不偏不倚地映在拉门上。"

小乞丐也低声答道。

"那为什么这么晚才来？"

"唉，我被抓住了。"

"嘿嘿嘿……我早就料到了。是明智小五郎那家伙吧？"

"嗯，我听他们都叫他明智先生。不过那家伙看起来跟我差不多，也像个乞丐。我刚钻出篱笆就被他抓住了。"

小乞丐又把之后发生的事情也详细说了一遍。

"哈哈哈……很好，很好！哈哈哈……活该，明智那家伙折腾了这么半天，只抓到你这么个小乞丐，一定大失所望吧？来，这是事先说好的钱，给你。"

丑角师说着又给了小乞丐一张百元大钞，然后就头也不回地扬长而去。看样子，小乞丐好像是临时雇用的。

小林小心翼翼地藏在暗处，把两人的一举一动看得清清楚楚。按照明智之前交代的，他又开始跟踪那个丑角师。

那顶红白条纹相间的尖帽子在深夜的街道上晃来晃去，净挑些连路灯都没有的昏暗街巷，一路往郊外走去。

不一会儿，丑角师来到一处废弃的空地。四周虽然也有几处房屋，但看样子早就荒废了，有几堵墙甚至已经坍塌了。其中还有个小型的工厂，和几间空置的仓库。所有的建筑里一点灯光也没有，黑漆漆一片。

丑角师穿过那片空地，来到一处破败的院墙外，又警惕地四下张望了一番，确认没有人跟踪，才一个闪身，钻进了连门都没有院子里。

小林躲在暗处一动不动，静静地看着丑角师的一举一动，直到看到那家伙穿过院子走进空屋之后，才悄悄地借着夜色的掩护向那处院子摸去。

院子里有四五间平房，非常破旧。小林蹑手蹑脚地摸到窗根下，竖起耳朵仔细听着房里的动静。一阵窸窸窣窣的声响之后，房里变得寂静无声。

"这家伙大概睡下了吧。竟然藏身在这种地方，真狡猾。好吧，我这就报告明智先生，绝不能再让他逃了。"

小林屏住呼吸，尽量不发出一点声音，慢慢退了出去。直到离开那片空地，他才撒腿狂奔，朝最近的街道跑去。

空　屋

　　小林跑到最近的公用电话亭，给等在相泽丽子家的明智打去了电话。

　　"先生，我已经发现了那家伙的藏身之地？"

　　明智一接起电话，小林就迫不及待地大声汇报。

　　"什么？找到了？在哪里？你现在在哪里？"

　　"是K町的一处空屋，非常破旧。我亲眼看着那家伙进去了，现在可能已经睡下了。我是在附近的公用电话亭给您打的电话。"

　　小林把跟踪的经过简单地报告了一下。

"好，干得好！我们马上赶过去，监视好那处空屋，别让那家伙跑了。"

"明白了！"

小林又详细说明了路线，然后就挂断了电话，匆忙赶回那处空屋外继续监视。

刚一回到空屋外，小林就发现里面隐隐有光透出来，不是电灯，好像是蜡烛，昏黄、黯淡，还有些飘忽。他小心翼翼地摸了上去，可刚走了几步就怔住了。竟然有一扇紧紧关着的磨砂玻璃窗。头戴尖帽的丑角师的投影就像妖怪似的大大地映在玻璃上。只见那个投影摇摇晃晃地越来越大，最后竟然填满了整个玻璃窗。

一定是那家伙拿着蜡烛往里面去了。

小林干脆凑到窗前，从缝隙里朝里窥视。

果然，那家伙手里拿着蜡烛，站在远离房门的屋角。此时，他正面朝小林，烛光自下而上照在那张惨白的脸上，鲜红的嘴角高高翘起——在笑，那家伙在笑！

"不好，被发现了！"

小林心头一惊，赶紧缩回了脑袋。可转念一想，不可能，敌明我暗，这缝隙又这么小，他不可能看到我。那笑容一定是化妆的缘故，或者是烛光摇曳产生的错觉。

小林一边不断地安慰自己，一边试图看清房间里的一切。

这时，丑角师向里间走去，除了烛光还在忽明忽暗地摇曳，小林什么都看不到了。

不一会儿，里间传来拉门的声响，然后大概是又关上了，小林眼前顿时一片漆黑。

小林继续保持原来的姿势，竖起耳朵仔细听了一会儿，里面静悄悄的，一点声音都没有。

难道这次是真的睡下了？

小林再次退回到院外，一面等着明智等人的到来，一面继续监视着院内的动静。

过了好一会儿，才见几个人影蹑手蹑脚地向这边靠近，是明智他们。小林悄悄地迎了上去。

"先生？"

"小林，你辛苦了。那家伙还在里面吗？"

"嗯，还在。刚才我还从窗缝里看到了他。"

"好，还有四位警官，六对一，他就是再有本事也跑不了了。"

明智又跟身后跟来的警官们交代了几句，然后六个人就分散开向那空屋包抄过去。

"小林，你跟我进去，四名警官分别把守门窗。一发现那家伙就立即吹哨子，其他人听到哨声就会马上赶来支援。"

明智嘱咐完，带着小林率先进了院子。

两人来到小林刚才窥视的窗根下，明智凑到窗缝前向里看去，里面伸手不见五指，而且一点声音也没有。

明智把手伸进去，想要拔开插销，没想到这破房子连插销都没有。两人一点一点地推开窗户，小心翼翼地不弄出一点声响。花了很长时间，终于把窗户推开到了可以钻进去的程度。

两人都是一身乞丐的打扮，不知道的还以为他们是一对入室盗窃的贼。好在这里实在偏僻，什么人也没有。

明智当先爬了进去，小林紧随其后，两人都已经适应了黑暗，即便没有灯光也不至于碰到什么东西。房子不大，搜查起来并不费事。然而两人转了一圈，根本没有任何有人来过的迹象，空荡荡的房子里飘着刺鼻的霉味。

明智站在黑暗里想了一会儿，终于下定决心，打开了随身带来的手电，准备来个彻底的大搜索。壁橱都被打开了，就连里面的隔板也都一一检查了一遍，别说人了，就连被褥、衣服、食物等生活必需的东西，一样也没发现。如果这里就是那家伙的藏身之地，这岂不是太奇怪了吗？

"奇怪，我之前明明亲眼看见那家伙进来的。要从后门溜走的话，只有我之前去院外迎接先生的时候有机可乘。但如果那样的话，他又干吗要来这里呢？这根本说不通啊。"

确认这里空无一人之后，小林开始大声为自己辩解。

"不管怎么说，先把四名警官叫进来吧，然后再仔细搜查一遍。即便那家伙已经跑了，这里总会留下什么蛛丝马迹。"

　　明智说着走到窗前，拿出哨子吹了起来。

夹层里的女人

　　听到哨声，警官们都进来了，展开了彻底的大搜索。门窗都被打开了，所有遮挡视线的东西都被扔到了一边，六道强光手电的光柱在屋里晃来晃去，就连院子里、地板下面都没有放过，不大的空屋被翻了个底朝天，可还是一点能够称得上线索的东西都没发现。

　　明智探头在一个壁橱里，用手电照了照顶板，好像发现了什么。他对一名警官招了招手，等他来到身边，压低声音对他说：

　　"你看，这里有些奇怪，像是套窗盖在上面似的，而且这壁橱里连个隔板也没有。"

"嗯，确实如此。说到套窗，刚才检查的时候就发现有一处窗户上少了一扇，原来是在这里啊。"

"看这里，是架梯子的痕迹！"

墙壁斑驳，不仔细看很容易漏掉，但那确实是斜着架过梯子的痕迹。

"原以为是间平房，没想到会有阁楼，或者说不定是夹层。"

两人对视了一眼，又竖起耳朵听了一会儿。

那家伙会不会就躲在上面？尽管已经听到了下面的动静，但无路可逃，只好不声不响地静观其变。

"要上去得有梯子，这……"

警官为难起来。

"看这墙上的痕迹，原本应该有相当大的梯子安装在这里，但后来被拆除了。那家伙用的是小梯子，每次爬上去后就把梯子收上去。"

"嗯，应该是这样。而且还用套窗把出入口盖上了。"

"那家伙肯定藏在夹层里。说不定现在正等着我们无功而返呢。这样的藏身之所简直绝妙，下面是废弃的空屋，谁能想到天花板上的夹层里竟然会有人呢？"

那警官又通知其他人陆续来到壁橱前。大家七手八脚地把壁橱门卸了下来，三道手电光束照在套窗上。

明智不知从哪里拿来一根木棍，用力往套窗上顶了一下，随着一阵刺耳的声响，套窗摔在了地上，一个黑漆漆的窟窿顿时露了出来。

"喂，夹层里的家伙，快下来吧，不然我们可就上去了。"

一名警官对着黑窟窿喊道。

没有回答。夹层里静悄悄的，什么反应也没有。六个人默不作声地盯着上面。突然，不知什么地方传来了野兽般的呻吟声，像是在回应警官刚才的警告。大家面面相觑，再次侧耳细听。那分明是呻吟声，微弱、悲伤，还拖着余音在轻轻回荡。好像在黑洞洞的夹层里，有什么濒死的野兽在痛苦的呻吟。到底是什么?

"喂, 夹层里的家伙, 你是谁? 快下来!"

一名警官再次大声发出警告。

回应他的仍然只有微弱的呻吟。

"谁到外面找架梯子来。"

明智提议道。于是, 两名警官朝外面跑去。

不一会儿, 他俩抬着梯子回来了, 好像是从附近的农家借来的。

梯子架好后, 明智拿着手电筒第一个爬了上去。

此刻, 杀人魔王也许就像一只被逼到绝路的野兽, 正瞪着两只充血的眼睛埋伏在夹层里的黑暗之中。如果那家伙手里有武器就更危险了。小林不禁担心起来。他原打算劝阻明智, 但终究还是慢了一步, 于是只能目不转睛地盯着那黑洞洞的窟窿, 不知不觉间, 呼吸都急促起来了。

但明智毫不畏惧地爬到梯子顶端, 上半身已经探进了夹层。只见他摆出应对突发事件的架势, 用手电筒左右照了一下。但出乎预料的是, 既没有埋伏在黑暗中的杀人魔王, 也没有匕首或者子弹招呼过来。

　　明智再次转动手电筒，这次让光束仔细地划过夹层的每一个角落。突然，角落里一个白色的物体进入了光圈，好像还在蠕动着。

　　明智连忙把手电筒直直地照向那里。出乎意料的是，那根本不是什么丑角师，也不是什么野兽，而是一个女人，一个近乎全裸的女人。她正趴在夹层的地板上，后背不住地起伏。

　　明智看清之后，再次粗略地检查了一遍夹层，确认没有其他人。但是，在另一侧的角落里，是丑角师全套的行头——鼓、鲤鱼旗、红底白点的衣服，还有红白条纹相间的尖帽子。

　　明智赶紧跑到女人跟前。

　　"不要紧吧？你怎么会在这种地方？"

　　明智把手搭在女人的肩膀上，试图扶她起来，女人理了理蓬乱的头发，慢慢抬起了头来。

　　"啊！"

　　饶是明智见惯了各种出人意料的场面，还是大吃一惊，不由得连连后退。

女人的脸上猩红一片，是血！

"这到底是怎么回事？"

女人已经说不出话了，但好在似乎听懂了明智的问话，颤抖着勉强抬起一只手，指向了夹层的角落。

明智将手电光照过去，只见地板上滚落着一个蓝色的小瓶子，瓶口还残留着某种液体，在手电筒的光圈中咻咻冒着白烟。

明智立即明白了，这恐怕是浓硫酸之类烈性药水，眼前的女人就是被人把这种药水泼在了脸上。不，不光脸上，手臂和肩膀上都能看到可怕的红斑。

不用问，这肯定是那个自称地狱丑角师的家伙干的好事。可是，他是什么时候发现有人跟踪，又是怎么脱掉这一身滑稽可笑的行头逃走的呢？还有，这女人是谁？怎么会被关在这空屋的夹层里？

疯女人

　　这个可怜的女人被立即送往附近的医院抢救。之后的两天，她一直高烧不退，徘徊在生死线上。

　　警方怀疑她就是失踪的野上爱子，于是把爱子的母亲请到医院辨认，但结果发现这是另一个受害者。

　　警方一直认为受害者只有野上宫子和野上爱子姐妹俩，现在又发现了这么一个身份不明的受害者，可见，惨遭毒手的女性也许还有很多。

　　第三天，女人终于恢复了意识，但遗憾的是，长期的监禁和剧烈的痛苦让她的精神不堪折磨，她已经疯了。

唯一的安慰是，这样一来她就不用为自己的容貌再受一次刺激了。她已经面目全非，脸上缠满了厚厚的的绷带，只有眼睛、耳朵和嘴露在外面。

她有时会哼唱某种歌谣，旋律哀婉。也许是舌头也被烈性药水灼伤了，她的吐字很不清楚，几乎听不出歌词。护士们得知她的遭遇，又听到这哀伤的歌谣，无不为之流泪。

又过了十天，这女人的身份依然没有查出来。报纸上详细地刊登了有关她的报导，大街小巷也都议论纷纷，但不知为什么，一直没有家人或者朋友来看望她。而且，她如今已经面目全非，瘦弱不堪，又神志不清，说不了话，即便亲朋好友来了，恐怕也认不出来了。

相泽丽子得知这一消息后，十分同情这女人，大概是物伤其类吧。一天，她和白井商量后，决定去医院探望这个可怜的女人。听说不幸中的万幸是她的眼睛没有受到伤害，所以他们先去花店买了一束漂亮的鲜花。

一进病房，他们就看见了那女人被包裹得严严实实的脑袋，实在是触目惊心。相泽丽子把鲜花插在枕边的花瓶里，那女人似乎非常高兴，像牙牙学语的婴孩一般咿咿呀呀地自言自语起来。她那开心的样子让相泽丽子的心里稍微好受了一点，但同时对她的同情之心越发加深了。

"太可怜了！还没查出她的身份吗？"

"是啊，还没弄清楚。今天早晨，警察又带着一个妇人来辨认，但看了之后说跟她要找的人毫无相似之处，失望地回去了……唉，说心里话，我们也希望警方尽快帮她找到家人或朋友，她一个人在这里太可怜了……"

护士低声说道。

相泽丽子坐到病床边的椅子上，看着女人的眼睛问道：

"你认识我吗？我叫相泽丽子，你叫什么名字，能告诉我吗？"

女人似乎听得很认真，而且还说了些什么，但就像她哼唱的歌谣一样含混不清，没有人能明白她说的是什么。

不一会儿，女人又哼起那首歌谣，悲伤的旋律催人泪下。

相泽丽子听得热泪盈眶。突然，她像是拿定了主意，转过身对白井说：

"白井先生，我有一个想法，如果一直查不出这女人的来历，我打算认领她。你看行吗？"

"是为了跟那家伙赌气？"

白井大吃一惊。

"不，绝不是。我只是觉得她实在太可怜了……而且，如果不是你和明智先生，说不定我也会落得这种下场……就这么定了，我来说服父亲。"

相泽丽子似乎对自己的这个决定相当满意。她一向说一不二，就拿今天来说，她父亲和白井都担心丑角师趁机对她下手，再三劝她不要外出，但她仍然我行我素。

"好吧，既然你这么决定了，我也不好说什

么。但像这样的重大决定最好别这么草率，再好好考虑一下吧。尤其是现在，你自己也身处危险之中啊。"

"正因为这样，我才更能够对她感同身受啊。"

照　片

　　当天晚上，白井拜访了明智，把自己和相泽丽子一起前往医院看望疯女人的情况说了一遍。

　　"明智先生，我还有一件事要告诉您，相泽小姐已经决定要认领那个女人。我认为眼下是非常时期，把她领回家很有可能召来丑角师。但是这毕竟不是什么坏事，我也不好直接表示反对……"

　　"哦，是吗？我刚才还在考虑这个问题，觉得相泽小姐一定会同情那个女人，说不定会带她回家呢。"

　　明智边说边目不转睛地盯着白井的脸。这番话话让白井深感意外，怀疑这其中是不是还有其他什么意思，但一时又想不明白。

明智继续说道：

"那女人哼唱的歌谣我也听了，曲调特别悲伤，但又有一种亲切的感觉。这么说也许并不恰当，但是我觉得这个旋律有一种醉人的魅力，所以相泽小姐会有那种想法也并不太让我意外。"

"唉，我也有那种感觉。那女人太可怜了。不过，怎么会到现在都查不出她的来历呢？难道是个孤苦无依的可怜人？如果真是那样，就更可怜了。"

"真是个不可思议的女人。那首歌谣就像个深奥难解的谜，似乎她在一条非常复杂、昏暗的路上徘徊、挣扎。"

明智说完，陷入了沉思。

白井为了打破沉闷的气氛，换了一个话题。

"明智先生，丑角师那边有没有什么消息？好像自从那晚之后就一直没有动静，到底藏到哪儿去了呢？"

"我正在找，如果顺利的话，也许要不了几天就能抓住那家伙了。"

明智的回答十分自信。

"什么？这么说您已经掌握什么线索了？"

"不，还不能那么说，但应该很快了。"

"如果方便的话，能不能说给我听听？"

白井难掩心中的兴奋，满脸真诚、渴求地看着明智。

"我还没有考虑成熟，所以……但这些天我可一直没闲着。对了，还有一件事。那天晚上从相泽家带回来的那瓶葡萄酒，我已经请人化验过了，不出我的所料，酒里面含有大量烈性毒药。"

"什么？烈性毒药？"

白井大惊失色。

"是的，这就是那家伙的惯用伎俩。在我看来这种拐弯抹角的做法简直愚蠢透顶，但荒诞不经、出人意料的反常行为正是丑角师的作案特征。他的所作所为都与常识背道而驰，所以我们也要转变思路，越是那些荒唐的地方，越要倾注全力一查到底。这些天我去野上爱子的母亲和朋友那里收集了一些照片，你看……"

明智说着从抽屉里取出一沓照片。都是野上爱子的，有单人的，有和家人一起的，还有和朋友的合影。明智取出其中一张家庭照递给白井，然后说起了与案情毫无关系的闲话：

"你看，这张照片上不光有爱子小姐，还有她姐姐宫子小姐。你大概知道这张照片吧？这是宫子小姐遇害前几天拍的。我还是看到这张照片才知道了宫子小姐的模样，她们姐妹俩的长相完全不一样啊。喜欢爱子小姐的人是不会喜欢宫子小姐的。这一点，看过这张照片我就明白了。"

明智一边说一边留意着白井的神态。

白井对此深有感触，所以对明智这番话佩服得五体投地，果然不愧是大侦探，仅凭一张照片就可以分析出这样的结论。

野上宫子虽然长得也说不上难看，但是跟妹妹一比就相形见绌了，而且总让人觉得阴郁。大概是她自己也知道这一点，所以和妹妹在一起的时候总是十分自卑，总是不自觉地微微低头，表情也略显尴尬。

"绵贯创人曾经对我说，宫子小姐有种让人喜欢不起来的气质。看了这张照片，我大概可以明白他的意思了。从这个意义上讲，宫子小姐也是个不幸的人。"

明智意味深长地说。

白井似乎被说中了心事，渐渐地低下头去，愣愣地看着地板，一声不吭。自己与宫子青梅竹马，还有婚约，却以种种借口把婚期一拖再拖，说到底，就是因为这个。明智可以说一针见血地道破了他的心事。

盗　墓

　　就在白井窘迫不堪的时候，突然传来了敲门声，小林进来报告说有客人来访。白井终于借此摆脱了窘境，长长地出了一口气。

　　来的正是绵贯创人。

　　绵贯还是那副尊荣，肥大的西装，长发披肩，两只大眼睛在骷髅般的脸上极为突兀，脚下趿拉着一双不怎么合脚的鞋，"呱嗒呱嗒"地走了进来。

　　白井和绵贯虽然对彼此都有所耳闻，但今天还是第一次见面。明智为两人简单地相互介绍后，绵贯瞪着那双大眼睛上下打量着白井犹豫起来。

"绵贯君，白井君是本案的委托人，你就照实说调查结果吧。"

绵贯这才坐到椅子上，仍然以他那种直率的方式说了起来：

"我走街串巷地跑了许多地方，寻访年轻女人，虽然辛苦，但是其中还真有些相当漂亮的姑娘，我甚至觉得现在都还能闻到她们身上的气息呢，哈哈哈……"

绵贯突然发现自己跑题了，略显尴尬地咳嗽了一声，然后继续说：

"不过，明智先生，您的猜想完全正确，果然有一个女人正如您所说。我还搞到了一张她的照片，您看。"

绵贯说着掏出一张照片递给明智，是一个女人的半身照。

"她叫伊藤典子，住在千叶县的G村，是市川最偏僻的乡村，去那里必须渡过江户川。"

明智看过照片后随手递给了坐在旁边的白井。

照片上的女人大概二十出头，看不出什么明显特征，白井从来没有见过，更想不出这女人跟丑角师的案子有什么关系。

难道是明智委托绵贯调查那个疯女人的身份？还是绵贯在调查其他事情的时候碰巧发现了这个线索？看那古怪雕塑家的模样，实在想不出他竟然还有这种本事。白井只觉得莫名其妙，视线在两个人的身上游移不定。

"这女人是什么时候死的？"

明智突然提出了完全出乎白井意料之外的问题。

"大概半个月前，据说是得急病死的。"

"据说那一带至今还保留着土葬的风俗？"

"是的，只有那个村子，在这一点上相当顽固。这女人当然也不例外，就葬在村头寺院的墓地里，那寺院叫庆养寺。"

"好，这下我们可以执行计划了。绵贯君，还要请你帮忙啊。"

明智似乎颇为兴奋。绵贯瞪着两只大眼睛，一脸苦笑着说：

"我还能说什么呢？毕竟已经是您的助手了。只是，这么干真的不要紧吗？"

"别担心，我已经征得了警方的同意。"

两人的对话听得白井一头雾水，唯一可以确定的是，照片上的女人已经死了。所以，她跟还在医院里的那个疯女人毫无关系。那么她到底是什么人呢？明智说的计划到底又是怎么回事呢？

明智见白井满脸困惑，凑过去低声耳语了几句。似乎事关重大，即便这房间里只有他们三个人，明智的声音还是压得很低。

白井听得目瞪口呆，脸上血色尽褪，豆大的汗珠渗了出来。

当天夜里，千叶县G村庆养寺的墓地里发生了一件不可思议的怪事。

凌晨两点，四个人影出现在了漆黑一片的墓地里。墓地四周都是茂密的竹林，四个人影就借着竹林和墓碑的掩护，在一片死寂的墓地里转来转去，好像在找什么。不一会儿，一个人影在一个新立的白木墓碑前停了下来，双手抓着墓碑，用力拔了出来，然后随手扔到了旁边的竹林里。

其他三个人影就分散在不远处注视着这里的动静，好像在望风。

拔出墓碑的那个人影脱去上衣，挥起事先准备好的铁锹，竟然开始挖坟。大概二十分钟后，地面上出现了一个黑洞洞的大坑，大坑旁则多出了一个小土包。人影扔掉铁锹，探身下去，在里面翻找着什么。突然，黑暗中传来一阵令人毛骨悚然的声音。

人影好像达到了目的，站起身来拍打着身上的泥土，又掏出随身携带的手电筒，照向坑中不住地察看。手电筒的光映在那人影的脸上，只见骷髅般的脸上沾满了汗水和泥土，一头披散着的长发蓬乱不堪——是绵贯。

他借着手电筒的光不住地打量着坑底，不一会儿，好像是发现了什么，转身对着黑暗中的其他三个人影打着手势，让他们赶快过去。

原来是明智、白井和一名警官。

明智从绵贯手中接过手电筒，白井也凑了过去一起看向坑底。

"啊！"

白井突然尖叫一声，两只手捂着脸连连后退。

"果然是那么回事？"

明智十分冷静。

"是的，是的，没错，太可怕了！"

白井吓得牙齿打战，声音都变了调。

自投罗网

两天后，那个来历不明的疯女人从医院来到了相泽家，被安排在一个单独的房间里休养。

尽管身边的所有人都再三劝阻，认为相泽丽子自己都处于随时可能遭到丑角师袭击的危险中自顾不暇，最好还是多一事不如少一事，但她仍然一意孤行。

始终没有人来医院认领那个疯女人，这实在有些不可思议，难道她真的完全无亲无故孑然一身？这悲惨的处境更激发了相泽丽子的同情心。但是那女人对此一无所觉，仍然不时哼唱着那首哀婉悲凉的歌谣。虽然已无大碍，但她脸上的绷带还不能拆下来，依然只有眼睛、耳朵和嘴露在外面。

医院负责照顾疯女人的护士每天都会来相泽家给她更换绷带，照料日常生活。除此之外，相泽家还雇用了一个六十多岁的老人。毕竟多了一个病人，家里需要跑腿的事自然多了不少。老人身材瘦小，头发花白，沉默寡言，但手脚十分勤快，不是打扫院子，就是整理库房。

疯女人来到相泽家的头两天一切风平浪静，丑角师也没有任何动静，让人不禁怀疑他是不是已经放弃对相泽丽子下手了。但正如明智说的，那家伙绝不能以常识来判断。第三天晚上，就像使用了隐身术，那家伙神不知鬼不觉地潜入了相泽家。

相泽丽子正在自己的房间里熟睡，枕边拉着屏风，借着床头柜上台灯的微光，可以看到她白皙的右臂露在被子外面，好像是躺在床上看书时睡着的，手边是一本翻开的书。

凌晨两点刚过，拉门悄无声息地被拉开了。

正在酣睡的相泽丽子自然一点也没察觉。

拉门被拉开足有半米的时候，一个人影突然闪了进来，径直躲到了屏风后面。那人影好像连呼吸都屏住了，就那么蹲在屏风后面，一动不动，房间里只能听到相泽丽子轻微的鼾声。

过了一会儿，一只手绕过屏风，伸向了熟睡中的相泽丽子，手里还握着一个小型注射器。注射器的玻璃管里，半管浑浊的液体微微摇荡，锋利的针头泛着寒光。

那只手距离相泽丽子露在被子外的右臂越来越近，只要针头扎进去，即便她醒过来也已经晚了，烈性的毒药只要一点点，就可以在她呼救之前让她一命呜呼。

可是，这家伙是怎么进来的呢？相泽家一直没有放松警惕，门窗紧锁，相泽先生就睡在隔壁。

闪着寒光的针头眼看就要刺破相泽丽子白皙的皮肤了，就在这时，一声巨响打破了死一般的寂静，好像是两个沉重的物体撞在了一起。相泽丽子枕边的屏风摇晃起来，眼看就要倒在地上。黑暗中，粗重的喘气声、叫骂声以及各种杂物碰撞倒地的声音响成了一片。被惊动的众人纷纷冲向相泽丽子的房间。

相泽丽子房间里的灯不知什么时候已经打开了，围在门前的人们目瞪口呆地看着眼前不可思议的一幕：那个刚雇来的老人正骑在一个人的身上。而且老人似乎一直没睡，身上穿的还是白天的工作服。被老人骑在身下的人更是让所有人大吃一惊，竟然是那个满脸绷带的疯女人。她穿着相泽丽子给她的漂亮睡衣，被绷带裹得像个白球的脑袋被死死按在地上，一个小型注射器就在她面前不远的地板上。

"明智先生，这到底是怎么回事？"

事发突然，相泽先生不由得脱口而出。

这老人竟是明智化装的。这原本是只有相泽先生和白井知道的秘密。

"这家伙就是凶手！我终于找到了确凿的证据。"

"什么？这女人是凶手？到底是怎么回事？"

"详细情况等一会儿再说，这家伙企图给相泽小姐注射毒液。你们看，注射器就在这里。"

这疯女人竟然恩将仇报，意图杀害有恩于她的相泽小姐！所有人都觉得难以置信。

"这女人果然是个疯子！"

"不，这家伙根本不是什么疯子，她就是那个自称来自地狱的丑角师！"明智说道。

"什么？您说什么？您是说丑角师用绷带化装成了那个疯女人……"

"不，不是化妆。看，这家伙手臂上的伤痕，这就是那个疯女人，那个疯女人就是丑角师！"

"什么？丑角师是那个可怜的疯女人？"

虽然这话出自大侦探明智小五郎之口，但实在是太过荒唐了，一时间谁也无法相信。

其中最觉得难以置信的无疑是相泽丽子。她怎么也不能相信这是事实，难道自己满心怜悯的这个疯女人要杀了自己？她就是那个可怕的杀人魔王？不会是做梦吧，对，也许是一场噩梦。

明智让人给白井打去电话，让他立即赶来。

那女人似乎万念俱灰，不再反抗，也没有逃跑的迹象，就那么缩在房间的一角一动不动。不管怎么看，这副可怜的模样都跟之前的那个疯女人一模一样。她真的就是那个地狱的丑角师吗？

"这实在……明智先生，照您这么说，这女人不是疯子？"

相泽先生还是半信半疑。

"当然，那都是她装出来的。不得不说，她的演技非常高超，难怪能够骗过相泽小姐。特别是那首歌谣，谁听了都会起恻隐之心的。"

"什么，原来是装的？那么，这个女人和被囚禁在夹层里的女人是同一个人吗？是不是在医院的时候调了包？"

"不，夹层里的女人就是她。"

"她不是被丑角师诱拐、囚禁的受害者之一吗？怎么又成了凶手，这……"

"不管是谁都会有这样的疑问，这正说明这家伙的手段实在是绝妙。我刚才说她不是疯子，只是说她不是一般医学意义上的疯子。但是从另一个方面来说，她的的确确是个不折不扣的疯子，而且是一个具有不凡的智慧和判断力的疯子。"

"这么说……"相泽先生一时之间很难跟上明智的思路，停了好一会儿才接着说，"就是说那个空屋里自始至终都没有其他人，是这个女人自己把那烈性药水洒在了自己的脸上……"

相泽先生说到这里再也说不下去了，这惊悚的真相让在场的所有人都面面相觑，瞠目结舌。一时间，房间里寂静无声，只有疯女人微不可闻、时断时续的抽泣声。

就在这时，玄关处传来急匆匆的脚步声，白井赶来了。他虽然知道明智化装成老用人潜伏在相泽家，但是并不知道明智这样做的用意何在，所以在得知那疯女人就是丑角师的时候，惊讶的程度一点不比相泽家的人们少。

"白井君，你对这次的案情是有一定了解的，但因为之前并没有十分的把握，所以我也没有对你直言。现在，我就把这次案件的始末缘由当着所有人的面说清楚。她本人也在场，如果我的推理有错，想必她会指出来的。"

明智调整了一下坐姿，开始叙说这个荒诞不经又骇人听闻的杀人事件的真相。

真相大白

　　"其实我在那栋空屋的夹层里第一次见到这个女人的时候，就隐隐有一个奇妙的想法——那里根本就没有另外一个人，一个男人，这个女人就是自称地狱的丑角师的杀人魔王。世人总以为能够犯下这么残忍命案的一定是个男人，但作为侦探，必须考虑所有的可能性。

　　"最先让我产生怀疑的就是她的脸。她为什么要用烈性药水把自己搞得面目全非？有人认为那是凶手逃跑的时候干的。一般来说是这样的。但是当时，我们包围了那栋空屋，凶手根本走投无路。如果凶手是女扮男装的话，只要变回女装，哭倒在地就可以蒙混过关了。我们一定会认为这个女人是被凶手囚禁在那里的可怜受害者。但是她的话，仅仅这样根本不够，因为一旦被人看到那张脸，一切就都暴露了。所以她绝不能让我们看到她的脸，于是当机立断，自己给自己毁了容。

"当然，我当时只是隐隐有种直觉，并没有确凿的证据。但后来，随着推理的步步深入，这种直觉一点点得到了证实。凶手为什么要装扮成推销员的那副模样？这看似荒唐的装扮只是单纯地为了恐吓世人，还是另有其他的目的？也就是说，凶手需要以这种浓妆来掩盖自己的本来面目。如果凶手是女人，这一切就都说得通了。与其女扮男装，还不如穿上这种夸张的服饰，可以完美地遮掩所有的女性特征。

"在推理的过程中，我发现这次的案件有一个非常诡异的巧合：夹层里的这个女人被烈性药水毁了容，石膏像里的野上宫子的脸也被弄得一塌糊涂，根本看不出本来面目，推销员的脸则藏在浓妆之下，三者之间一定有某种联系。尽管手段不同，但其目的都是隐藏真实面目。

"为什么要让被害人的脸无法辨认呢？为什么要忍受巨大的痛苦自己毁容呢？经过反复思考，我得出了一个匪夷所思的答案。"

明智说到这里稍稍停顿，所有人都异常紧张地盯着他，谁也没有开口。大家隐隐约约地感觉到，明智还没有把此案最大的关键和盘托出。

"另一方面，我又注意到这样一个问题。那就是被害人野上宫子、野上爱子姐妹俩以及被视为目标的相泽丽子小姐，都与某个人有密切的关系。关于这一点，我曾经对白井君说过，因为这个关键人物就是白井清一。虽然他本人就在这里，但事关重大，还请恕我直言。

"白井君尽管是野上宫子小姐的未婚夫，可一直在拖延婚期。为什么？因为他爱的是野上宫子小姐的妹妹野上爱子。这一点我已经跟白井君本人以及爱子小姐的母亲求证过了。

"讨厌宫子小姐的并非白井君一个，这里有一个恐怕大家都不知道的情况。大概两年前，宫子小姐曾经每天去绵贯创人的工作室学习油画，持续了大约半年之久。其间，她对绵贯君表示出了超出师生关系的感情，但绵贯君无论如何不肯接受，而且从不怎么喜欢她发展到讨厌她，甚至不让她继续跟自己学画了。这些情况是绵贯君本人亲口告诉我的。

"渴望爱情的宫子小姐不但得不到未婚夫的爱，就连绵贯君对她也毫无兴趣。我不禁想到，是不是她表示过好感的男性都对她敬而远之？

"我从爱子小姐的母亲那里借来一张家庭照，发现宫子小姐确实与妹妹爱子小姐的长相相差甚远，不仅如此，正如绵贯君所说，她有一种惹人生厌的气质。"

说到这里，明智转向白井：

"白井君，宫子小姐和爱子小姐不是亲姐妹，你知道吗？"

白井被这突如其他的问题弄得目瞪口呆：

"什么？我从没听说过这事。虽然长得一点不像，可我一直以为她们是亲姐妹。"

"但事实并非如此。宫子小姐是捡来的。这事她母亲没有对任何人说起过，当然也不愿意告诉我。我也是苦口婆心才说服她说出了真相。

"宫子小姐也许早就知道了，毕竟她的相貌跟家里的所有人都不一样，但是她又不能说出来，长期的压抑造成了今天阴郁的性格。再加上未婚夫与自己漂亮的妹妹如此亲密，即便对普通女性而言，这也是十分沉重的打击，何况是自幼被亲生父母抛弃的她。

"但是，心灵早已扭曲的宫子小姐非但没有像一般女性那般把悲伤表露出来，反而走上了另一条路，一条复仇的路。从此，野上宫子不复存在，取而代之的是地狱丑角师。

"最终使我确信以上推理的关键证据，白井君，就是那晚千叶县G村庆养寺墓地里的可怕秘密。"

随后，明智简单介绍了那晚"盗墓"的经过。

"那个土葬的棺材里，装着野上爱子的尸体。因为死后还不到十天，所以可以非常清楚地辨认出她的容貌。爱子小姐自然是被丑角师杀害的，但她的尸体被埋在了极为偏僻的千叶农村，这究竟意味着什么？

"刚才说过，因为对第一具尸体，也就是石膏像里的尸体遭到毁容怀有疑问，所以我请绵贯君去调查了宫子小姐上学时的同学和朋友，确定她们中是否有人最近去世。结果恰好在千叶县G村，一位宫子小姐曾经的同学，于第一位被害人被发现的四天前死于心脏病突发。那里至今还保留着土葬的习俗，所以那姑娘就埋在村头庆养寺的墓地中。

"接下来的事，我想大家应该都明白了吧？宫子小姐这位同学的死，以及当地土葬的习俗，成了这次案件的起源。当然，如果没有这件事，宫子小姐也许会想出其他的手段。

"从她诱骗爱子小姐的手法上，她好像还有一个男性助手。考虑到她离家出走的时候带走了自己的所有存款，我想那个助手应该是她花钱雇的。他们挖开坟墓，偷出尸体，毁容之后封在石膏像里。宫子小姐曾经是绵贯君的学生，制作石膏像的方法应该还是略知一二的。

"他们趁绵贯君不在的时候把那座石膏像搬进工作室，然后打电话给租车公司，假装那是绵贯君的作品，委托运送。

"至于右臂的伤痕，这大概是奇迹般的巧合吧。正是因为这一巧合，宫子小姐才会想出那样大胆的计划吧。年龄和身材相仿，同样的疤痕，又是土葬，所有这些凑在一起，才使得那样离奇的犯罪成为可能。

"就这样，宫子小姐在复仇之前，先让自己从这个世界上消失，成功地将自己伪装成了第一位受害人，这样一来，无论她之后再干什么都是绝对安全的，谁也不会把一个已经死了的人当作凶手追查的。"

明智只是自说自话，一次也没有质问哭倒在地的野上宫子，但她当然把所有这些都听了个清清楚楚。她一次也没有出声反驳，可见明智的推理尽管近乎荒诞，但基本上都是正确的。

"杀害爱子小姐后，在考虑如何处理尸体的时候，她自然想到了那个空着的棺材。把尸体藏在棺材里，还有比这更合适的地方吗？而且这样一来，即便日后迁坟或者其他什么原因需要挖开坟墓，里面也有一副尸骨，谁也不会想到那是爱子小姐的。简直天衣无缝。

"在空屋的夹层里给自己毁容的时候，她还没有忘了用那烈性药水把自己右臂上的疤痕也毁掉。但只有那么一处的话太突兀了，所以她才会在自己身上弄出那么多伤，完全是为了掩人耳目。

"容貌尽毁，作为记号的疤痕也没有了，再加上她已经被警方认定为第一位受害者，谁也不会想到她就是野上宫子。

"她一住进医院就开始装疯卖傻，哼唱悲伤的歌谣博取大家的同情。恐怕这个女人心里一直在期待相泽小姐的来访。果然，相泽小姐去了医院。她竭尽全力勾起你的同情心，最终如愿让你把她带到了这里。然后，就是静待今晚这样的时机。

"我预料到会发生这种事，但是正如之前所说，我的推理还只是推理，缺少一个决定性的证据。而且如此荒诞离奇的案情，如果没有确凿的证据，是没有办法给她定罪的。于是我化装成这个样子潜伏在相泽家，不分昼夜地监视着这个女人的一举一动。好在她的耐心不太好，这么快就按捺不住了。

"至于为什么要对相泽小姐下手，我想已经无需多言了吧。只要是跟白井君亲近的女性，都是她复仇的目标。这根本就不是正常人的逻辑。杀害白井君的女性友人，恐怕在她看来也是对白井君的复仇。至于白井君，恐怕是她的最后一个目标。

"至于绵贯君，因为曾经拒绝了她的示好，所以才会先栽赃给他，然后放火烧掉他的工作室，企图让他葬身火海。

"至于更多的细节，我想只有这个女人自己坦白了。"

明智终于结束了滔滔不绝的推理，大家的视线不约而同地转向了缩在墙角的野上宫子。她还是在那里一动不动，因为裹着绷带而显得异常巨大的脑袋以一种诡异的姿势架在交叠的双手上，那模样令人不寒而栗。

"她死了！"

相泽丽子惊叫道。

"什么？死了？"

相泽先生赶紧过去，晃了晃她的肩膀，毫无反应。

这一切似乎都在明智的预料之中，他平静地说：

"我早就料到大概是这样的结局。摆在她面前的，除了一死别无他路。恐怕用来自杀的毒药随时都带在身上。其实想想，她也实在可怜。唯一的遗憾，是没能听到她的自白和忏悔。"

江户川乱步年谱

1894年　出生

本名平井太郎，10月21日出生于三重县名张市，为家中长子。父平井繁男，时任名贺郡官府书记员。母平井菊。

1897年　3岁

因父亲工作调动，举家搬迁至名古屋市。

1901年　7岁

4月，进入名古屋市白川寻常小学就读。

1903年　9岁

《大阪每日新闻》连载菊池幽芳的《秘密中的秘密》，母亲每晚都会念给他听，从此对侦探故事萌生了极大兴趣。

1905年　11岁

4月，进入市立第三高等小学。协助父亲采用胶版誊写版印刷和发行少年杂志。二年级时喜欢上了押川春浪的武侠冒险小说。

1907年　13岁

4月，升入爱知县立第五初级中学。读到黑岩泪香的《岩窟王》，印象特别深刻。

1908年　14岁

其父开设平井商店，主营进口机械的贸易销售，兼营外国保险代理和煤炭销售业务，并采购全套铅字，印刷和发行《中央少年》杂志。秋天，开始在学校附近租借宿舍，独立生活。

1910年　16岁

与要好同学坐船到中国的东北地区旅行。

1912年　18岁

3月，初中毕业。因喜欢出版事业，与同学到处奔走、筹备。6月，其父开设的平井商店破产倒闭。由于失去了学费来源，没有继续上高中。随父亲坐船到朝鲜马山，从事垦荒和测量工作。8月，只身赴东京勤工俭学，以优异成绩考入早稻田大学预备班，白天上学，晚上寄宿在东京都本乡汤岛天神町的云山印刷厂，逢休息日打工。12月，迁到春日町借宿，业余时间靠誊写挣钱。

1913年　19岁

春，与祖母在东京牛込喜久井町生活，重读黑岩泪香等著名作家写的侦探小说。曾计划印刷和发行《少年新闻报》。8月，预备班毕业，考入早稻田大学经济学专业学习。

1914年　20岁

春，与同学创办《白虹》杂志，利用业余时间阅读爱伦·坡、柯南·道尔等英国作家的短篇侦探小说。为了阅读侦探小说，辗转于各大图书馆，所做的笔记装订成册，称为《奇谈》。

1915年　21岁

其父回国供职于某保险公司，在牛込与全家一起生活。继续阅读外国侦探小说，并悉心研究"暗号通讯文书"的由来、规则和特点。

1916年　22岁

8月，毕业于早稻田大学经济学专业，入职大阪府贸易商加藤洋行。

1917年　23岁

5月，从加藤洋行辞职，在伊东温泉开始阅读谷崎润一郎的作品《金色之死》，执笔撰写电影评论文章。11月，入职三重县鸟羽造船厂电机部，参与内部杂志《日和》的编辑。

1918年　24岁

4月，其父再赴朝鲜工作。与鸟羽造船厂的同事组织"鸟羽故事会"，在各剧场、小学巡回。冬，在坂手村小学结识村上隆子。

1919年　25岁

辞职到东京。2月，与两个弟弟在东京本乡驹込町经营一家旧书店"三人书房"。7月，在书店二层编辑《东京PACK》杂志。11月，开设中华面馆。同年，与村上隆子成婚。

1920年　26岁

2月，入职东京市政府社会局。10月，关闭旧书店，入职大阪时事新报社，担任记者，经常与井上胜喜谈论侦探小说，开始撰写《两分铜币》。

1921年　27岁

3月，长子平井隆太郎诞生。4月，在东京担任日本工人俱乐部书记。

1922年　28岁

8月，辞职后回到大阪府外守口町的父亲家，与父亲一起生活。9月,《两分铜币》《一张收据》完稿,正式向某杂志社投稿,但未被采用。不久,改投《新青年》杂志,经审定采用。12月,入职大桥律师事务所。

1923年　29岁

4月,《两分铜币》在《新青年》刊载,小酒井不木博士长文推荐。7月,《一张收据》在《新青年》刊载,辞去大桥律师事务所工作,入职大阪每日新闻社广告部。

1924年　30岁

4月,关东大地震,全家迁回大阪。7月,在《新青年》发表《二废人》。10月,在《新青年》发表《双生儿》。11月底,离开大阪每日新闻社,成为职业作家。

1925年　31岁

1月,在《新青年》增刊发表《D坂杀人事件》,名侦探明智小五郎首次登场。到名古屋拜访小酒井不木。之后,到东京拜访森下雨村,结识《新青年》派作家。2月,在《新青年》发表《心理测试》。3月,在《新青年》发表《黑手》。4月,在《新青年》发表《红色房间》,与春日野绿、西田政治、横沟正史等作家发起创建"侦探兴趣协会"。5月,在《新青年》发表《幽灵》。7月,在《新青年》发表《白日梦》《戒指》。8月,在《新青年》增刊发表《天花板上的散步者》。9

月，在《新青年》发表《一人两角》，在《苦乐》发表《人间椅子》；其父逝世。10月，成立"新兴大众文艺作家协会"。

1926年　32岁

发表侦探小说《噩梦塔》（直译名《幽鬼之塔》）等多篇作品。12月，在《朝日新闻》上连载《畸心人》（直译名《侏儒法师》）。

1927年　33岁

3月，停笔，与妻平井隆子开设"宿舍租借有限公司"。不久，独自外出旅行，到日本海沿岸、千叶县沿岸等地；10月，到京都、名古屋等地；11月，与小酒井不木、国枝史郎、长谷川伸和土师清二等人创建大众文艺民间合作组织"耽绮社"。

1928年　34岁

3月，出售早稻田大学附近的宿舍。4月，买下东京户塚町源兵卫一七九号的房屋。同年，发表《丑角师》（直译名《地狱丑角师》）。

1929年　35岁

1月，在《新青年》发表《噩梦》。6月，发表处女随笔《恶魔王》（直译名《恐怖的魔王》）。8月，在《讲谈俱乐部》连载《蜘蛛男》。

1930年　36岁

5月，改造社出版《孤岛之鬼》。7月，在《讲谈俱乐部》连载《魔术师》。9月，在《国王》连载《黄金假面人》。10月，讲谈社出版《蜘蛛男》。

1931年　37岁

5月，平凡社出版《江户川乱步选集》13卷。同年，出版《迷重重》（直译名《钟塔的秘密》）、《暗黑星》和《邪与恶》（直译名《影男》）。

1932年　38岁

3月，停笔，带全家外出旅游，先后到过京都、奈良、近江等地。

1933年　39岁

1月，加入大槻宪二创建的"精神分析研究会"，每月出席例会，并为该会《精神分析杂志》撰稿。4月，长子平井隆太郎升入大阪府立第五初中学校。同年，好友山本直一辞去博物馆工作，担任江户川乱步的助手。12月，在《国王》连载《红蝎子》（直译名《红妖虫》）。

1934年　40岁

发表《恐吓信》（直译名《魔术师》）、《黑天使》和《不归路》（直译名《死亡十字路》）。

1935年　41岁

1月，平凡社陆续出版《江户川乱步杰作选》12卷。6月，春秋社出版《人形豹》。9月，编写《日本侦探小说杰作集》，由春秋社出版，并发表长篇评论文章。

1936年　42岁

1月，在《讲谈俱乐部》连载《绿衣人》；在《少年俱乐部》连载《怪盗二十面相》。5月，春秋社出版评论集《鬼的话》。12月，讲谈社出版《怪盗二十面相》。

1937年　43岁

1月，在《讲谈俱乐部》连载《噩梦塔》(直译名《幽鬼之塔》)，在《少年俱乐部》连载《少年侦探团》。战争爆发后，政府当局对于出版物的审查越来越严格，江户川乱步的所有小说被禁止出版发行，不得不停止撰写侦探小说。为了生活，江户川乱步借用别名为少年儿童撰写探险小说。后来，当局只允许江户川乱步撰写防谍反特小说，在杂志和报纸决定连载前，必须经过外交部、内务部、警视厅和宪兵机构的联合审查，达成一致意见后方可使用江户川乱步的名字刊登。由于公开抗议，被勒令停止写作，结果只写了一部小说。

1938年　44岁

1月，在《少年俱乐部》连载《妖怪博士》。3月，讲坛社出版《少年侦探团》。4月，新潮社出版《噩梦塔》。9月，新潮社出版《江户川乱步选集》10卷。

1939年　45岁

1月，在《讲谈俱乐部》连载《暗黑星》，在《少年俱乐部》连载《蒙面人》。2月，讲谈社出版《妖怪博士》。

1940年　46岁

2月，讲谈社出版《蒙面人》。7月，因心脏不适住院治疗。10月，与同人创立"大政翼赞会"。

1941年　47岁

7月，非凡阁出版《噩梦塔》。12月，任东京池袋丸山町防空会长。

1942年　48岁

任东京池袋北町会副会长，以"小松龙之介"的笔名连载《聪明的太郎》。

1943年　49岁

与著名作家井上良夫书信往来，交流对欧美侦探小说的看法。8月，开始连载科幻小说《伟大的梦》。11月，东京大学文学部在读的长子平井隆太郎被征召入伍，为其举行送别会。

1944年　50岁

出任行政监察随员助手，后在町会领导下开设军需品加工厂生产皮革制品。

1945年　51岁

4月，家属被疏散到福岛，自己则只身留在东京池袋，继续担任町会副会长。6月，因病被疏散到福岛。8月，在病床上听到裕仁天皇宣布无条件投降，平井隆太郎从土浦飞行队退役。11月，举家迁回池袋。

1946年　52岁

6月，倡议成立"侦探小说星期六研讨会"，每月开一次例会。

1947年　53岁

6月，"侦探小说星期六研讨会"更名"侦探作家俱乐部"，被选举为第一届主席。11月，到关西等地演讲，普及和推广侦探小说。没有新作问世，但旧作再版达31部。

1949年　55岁

1月，在《少年》连载《青铜怪人》。6月，再度当选侦探作家俱乐部会长。11月，光文社出版《青铜怪人》。

1950年　56岁

1月，在《少年》连载《虎牙》。3月，在《报知新闻》连载《断崖》，为战后首部短篇侦探小说。12月，光文社出版《虎牙》。

1951年　57岁

1月，在《趣味俱乐部》连载《恐怖的三角馆》，在《少年》连载《透明怪人》。5月，岩谷书店出版评论集《幻影城》。12月，光文社出版《透明怪人》。

1952年　58岁

1月，在《少年》连载《怪盗四十面相》。3月，评论集《幻影城》荣获侦探作家俱乐部授予的"第五届优秀侦探小说勋章"。7月，辞去侦探作家俱乐部会长一职，任名誉会长。12月，光文社出版《怪盗四十面相》。

1953年　59岁

1月，在《少年》连载《宇宙怪人》。12月，光文社出版《宇宙怪人》。

1954年　60岁

1月，在《少年》连载《塔上魔术师》。10月，日本侦探作家俱乐部、东京作家俱乐部和捕物作家俱乐部联合主办"江户川乱步六十大寿庆典"，会上正式设立"江户川乱步奖"。《别册宝石》第四十二期杂志作为

"江户川乱步六十周岁纪念特刊"，《侦探俱乐部》十二月号杂志也作为"乱步花甲纪念特刊"。著名作家中岛河太郎编纂和发行《江户川乱步花甲纪念文集》。11月，映阳堂出版《江户川乱步选集》10卷。12月，光文社出版《塔上魔术师》。

1955年　61岁

1月，在《趣味俱乐部》连载《影男》，在《少年》连载《海底魔术师》，在《少年俱乐部》连载《灰色巨人》。5月，举行首届"江户川乱步奖"颁奖仪式。11月，在三重县名张市举行"江户川乱步诞生地"树碑庆贺仪式。12月，光文社出版《海底魔术师》《灰色巨人》。

1956年　62岁

1月，在《少年》上连载《魔法博士》，在《少年俱乐部》上连载《黄金豹》。1月24日，"日本翻译家研究会"成立，出任研究会顾问。2月，出任"日本文艺家协会语言表述问题专业委员会"委员。4月，发表《英文翻译侦探小说短篇集》。8月，接任《宝石》杂志主编。11月，光文社出版《马戏团里的怪人》《魔法玩偶》。

1957年　63岁

1月，在《少年》连载《夜光人》，在《少年俱乐部》连载《奇面城的秘密》，在《少女俱乐部》连载《塔上魔术师》。12月，光文社出版《夜光人》《奇面城的秘密》《塔上魔术师》。

1959年　65岁

1月，在《少年》连载《假面具背后的恐怖王》。11月，桃源社出版《欺诈师与空气男》，光文社出版《假面具背后的恐怖王》。

1960年　66岁

1月，在《少年》连载《带电人M》。4月，出任东都书房《日本侦探推理小说大集成》编辑委员。

1961年　67岁

4月，成为文艺家协会名誉会员。7月，出席"江户川乱步从事侦探小说创作四十周年庆典"，桃源社出版《侦探小说四十年》。10月，桃源社出版《江户川乱步全集》18卷。11月3日，荣获日本政府颁发的"紫绶褒勋章"。

1963年　69岁

1月，"日本侦探作家俱乐部"升格为社团法人"日本推理作家协会"，被一致推选为第一届理事长。8月，再次当选，坚辞不受，亲自提名松本清张接任第二届理事长。

1965年　71岁

7月28日，突发脑出血逝世，戒名智胜院幻城乱步居士。获赠正五位勋三等瑞宝章。8月1日，在青山葬仪所举行日本推理作家协会葬，墓所位于多摩灵园。

译后记

　　我1981年8月考入宝钢翻译科从事翻译工作，1982年初开始从事日本文学翻译，1983年2月首次发表日本文学译作。四十余年来，我一直致力于中日民间文化交流，尤其是翻译了日本推理文学鼻祖江户川乱步的作品全集，由衷地感到欣慰和满足。

　　《江户川乱步全集》共46册，数百万言，历经数个寒暑才翻译完成。回首往事，第一天坐在桌案前写下第一行译文的情景仍历历在目。为了解江户川乱步的创作思想、创作背景和准确把握作品的神韵，除反复阅读其所有小说作品外，我还遍览《侦探推理文学四十年》《乱步公开的隐私》《幻影城主》《奇特的立意》和《海外侦探推理文学作家和作品》等乱步的随笔和评论集。并专程去了坐落在东京丰岛区池袋的江户川乱步故居考察，到日本国家图书馆查阅了有关江户川乱步的许多资料。

为了让更多的人了解江户川乱步，我在《新民晚报》先后发表了《江户川乱步，日本侦探推理文学的先驱》《日本的福尔摩斯》《江户川乱步的起步》《徜徉少年大侦探系列》《徜徉青年大侦探系列》，接受了腾讯视频、东方电视台、《上海翻译家报》、沪江网、日语界以及日本青森电视台、《东粤日报》、《朝日新闻》、《产经新闻》、《中日新闻》的相关采访。

鲁迅说："伟大的成绩和辛勤劳动是成正比的，有一分劳动就有一分收获。日积月累，从少到多，奇迹就可以创造出来。"我历经数年辛劳翻译的这版《江户川乱步全集》，2004年4月被乱步故里日本名张市政府收藏，2020年10月又被日本驻上海总领事馆收藏，并荣获国际亚太地区出版联合会

APPA翻译金奖，其中的"少年侦探团系列"荣获国家新闻出版总署优秀少儿图书三等奖。

江户川乱步可以说是日本推理文学的代名词，江户川乱步奖是推动日本推理文学作家辈出的巨大动力，《江户川乱步全集》是世界侦探推理文学的瑰宝。希望通过这套《江户川乱步全集》，可以让更多的读者共同享受推理文学的乐趣。

2021年元旦于上海虹桥东华美寓所